전지적 건설 엔지니어 시점

전지적 건설 엔지니어 시점

1판 1쇄 인쇄　2023. 1. 1.
1판 1쇄 발행　2023. 1. 11.

지은이　양동신

발행인　고세규
편집 박보람 | 디자인 홍세연 | 마케팅 고은미 | 홍보 이한솔
발행처　김영사

등록　1979년 5월 17일 (제406-2003-036호)
주소　경기도 파주시 문발로 197(문발동) 우편번호 10881
전화　마케팅부 031)955-3100　편집부 031)955-3200 | 팩스 031)955-3111

값은 뒤표지에 있습니다.
ISBN　978-89-349-4044-9 03810

홈페이지 www.gimmyoung.com　블로그 blog.naver.com/gybook
인스타그램 instagram.com/gimmyoung　이메일 bestbook@gimmyoung.com

좋은 독자가 좋은 책을 만듭니다.
김영사는 독자 여러분의 의견에 항상 귀 기울이고 있습니다

전지적 건설 엔지니어 시점

철근콘크리트를
사랑하는 일

양동신

건설 엔지니어

일일드라마

김영사

<건설 공정표>

프롤로그

이도 저도 안 되면 그냥 평범한 회사원

초등학생 시절 장래희망을 적어 내라고 해서 세 가지 정도 쓴 적이 있었다. 어렴풋이 기억나는 첫 번째 장래희망은 아마도 변호사, 두 번째는 천문학자였다. 오히려 세 번째 장래희망이 또렷이 기억나는데, 그것은 바로 '이도 저도 안 되면 그냥 평범한' 회사원이었다. 당시 공무원 생활을 하시던 아버지는 회사원 앞에 붙은 이 표현에 당황하셨다. 이도 저도 안 되면 그냥 평범한 회사원이라니.

정말 그랬다. 어린아이 눈에 비친 직업의 세계에서 회사원이란 정말 시간만 때우고 딱히 어떤 전문성이나 성취감을 느낄 수 없는 존재로 느껴졌던 것이다. 그렇게 시간이 흘러 공대에 진학한 후 나는 결국

'평범한' 회사원이 되었다. 회사 생활을 15년가량 한 현재 시점에서 보자면, 과연 그 '평범한'이란 형용사에 동의할 수 있을까? 물론 그 표현에 동의했다면 이 책이 나올 수 없었을 것이다.

15년의 시간 동안 나는 많은 도전적인 프로젝트를 수행했고, 그 과정에서 '평범하지 않은' 경험과 노하우를 축적했다고 생각한다. 그 과정은 때로 외롭고 힘들기도 했지만, 보람 있고 행복한 여정이기도 했다. 현재진행형인 이 회사원 생활은 고작 쉼표에 불과하고, 앞으로 15년 혹은 30년을 더 해야 할지 모르는 일이다. 아마도 앞으로의 회사 생활은 이전의 회사 생활보다 훨씬 더 다양하고 스펙터클한 프로젝트를 내 앞에 갖다줄 것이라 생각한다. 그리고 이 불확실한 미래가 때로는 가슴을 두근거리게 하는 삶의 원동력이 되기도 한다.

내가 현재 하고 있는 일은 탄소를 배출하지 않는 인프라를 만드는 일이다. 처음 공대에 진학할 때 내가 이런 일을 할 것이라고 상상도 못했다. 당시에는 탄소 배출에 대한 사회적 공감대도 부족했고, 이런 구조물에 우리 사회가 수천억, 수조 원을 들일 것이라고 생각할 수 없었기 때문이다. 마치 1990년대에 전자공학을 전공한 사람이 스마트폰의 등장을 상상조차 못한 것과 비슷한 상황 아닐까?

인류의 기술은 끊임없이 발전해나가고 있다. 앞으로 10년 혹은 20년 후에 우리는 어떤 탈 것으로 이동을 하고, 어떤 기기로 소통을 하고, 어떤 방법으로 전기를 생산하고, 어떤 구조물에서 살아갈 것인지 알 수 없는 일이다. 하지만 그 과정에 건설 엔지니어는 늘 필요할 것이고, 중심에서든 곁에서든 자신의 역할을 충실히 수행하고 있을 것이다.

건설 엔지니어는 눈에 보이지 않는 것들을 만드는 사람들이다. 우리가 늘상 사용하는 휴대폰은 기지국과 광통신이라는 물리적인 실체가 있어야 작동이 가능하다. 2G, LTE, 5G와 같은 네트워크 환경의 향상은 곧 설비 인프라 투자가 있어야 가능하다는 뜻이다. 더 높은 주파수 대역은 더 많은 정보를 전달할 수 있지만, 통신 범위가 좁아 더 많은 기기의 설치가 필요하다. 더 많은 케이블이 땅 밑에 깔려야 하고, 때론 강 밑이나 바다 밑에도 깔려야 한다.

유럽에는 현재 5000개가량의 해상풍력 발전기가 25기가와트(여름철 한국 하루 소비 전력량이 100기가와트 정도이다) 수준의 발전용량을 가지고 운영되고 있다. 이 5000개의 해상풍력 발전기 수면 밑으로는 유럽의 건설 엔지니어들이 설계하고 제작하고 설치한 기초 구조물이 존재하며, 그 기초구조물 사이로는 해저케이블이 촘촘하게 지나다니고 있다. 수면 위로 200미터가 넘는 터빈과 블레이드의 수백 톤 무게를 감당하고 수십 년간 문제 없이 운영되기 위해서는 고도의 기술이 요구된다.

집에서 인덕션으로 라면을 끓이거나 유튜브를 볼 때는 전혀 생각하지 않았던 '보이지 않는' 세계인 것이다. 이러한 다양한 인프라 구조물이 존재하지 않았다면 현대 인류 문명도 이와 같이 발전하기 어려웠을 것이다. 그런 측면에서 언젠가부터 나는 내 직업에 자부심을 느끼기 시작했다. 또, 다가올 기술의 진보에 참여할 수 있다는 데에 기대감을 갖게 되었다.

아마도 이러한 직업의식은 비단 건설 엔지니어에 국한되지 않을 것이다. 만약 내가 다른 학과를 전공하여 다른 일을 했더라도 현재 시점에서는 느낄 수 있는 감정이라 생각한다. 수원이나 이천에서 반도체를 만들고 있더라도, 울산이나 여수에서 석유화학 제품을 만들고 있더라도, 헝가리나 미국 조지아주에서 배터리를 만들고 있더라도 유사한 감정을 느끼고 있을 것이다. 어떻게 보면 '이도 저도 안 되면 그냥 평범한' 회사원이 되어서 그 큰 회사라는 조직에 회사원이라는 알갱이 같은 존재로 느껴질 수 있지만, 그 회사원 한 명 한 명이 이 사회 발전의 기반이 되는 것인지도 모른다.

직장 생활을 하며, 엔지니어로서 삶을 살아가며, 어찌 보면 평범하기도 하고 특이하기도 한 경험을 한 권의 책으로 정리했다. 공감이 가는 부분도, 가지 않는 부분도 존재할 테지만, 우리와 같은 사회를 살아가는 구성원의 단면을 본다는 생각으로 너그럽게 봐주길 바란다.

설계

낭만적이지도

우주적이지도 않지만,

실현 가능하고 현실적인 꿈

어린 시절 나는 꿈이 참 많았다. 초등학교 시절에는 말하는 것을 좋아하여 변호사가 되고 싶었고, 중학교 때는 그림 그리는 것을 좋아하여 만화가가 되고 싶었다. 고등학교 때는 영화 보는 것이 좋아서 영화감독이 되고 싶었지만, 막상 수능을 보고 나서 결정한 학과는 물리학자가 될 수 있는 자연과학부였다. 하지만 원하는 대학의 자연과학부 입시에는 모두 낙방했고, 내게 남은 선택지는 건설도시공학부라는, 이름도 낯선 학과였다.

당시 내가 다니던 대학 건설도시공학부 안에는 도시공학과와 토목공학과가 있었는데, 대학에 처음 들어가서 내가 선택한 전공은 도시공학이었다. 아무래도 이름부터 투박한 토목공학보다는 무언가 에지edge 있고 도회적인 이미지인 도시공학이 마음에 들었기 때문이다. 도시공학과에서는 건축학과와 같이 자기만의 제도판이 있었고, 미대생과 같이 동그랗고 긴 도면통을 늘 들고 다니며 작업을 했다. 도면을 만드는 것은 겉보기에는 창조적인 작업처럼 보였지만 매우 노동집약적인 작업이라서, 밤을 세워 작업하는 경우도 많이 있었다.

앞서 이야기한 바와 같이 나의 꿈 중 하나는 만화가였는데, 그만큼 드로잉에 대한 재능도 있었다. 하지만 제도 수업 중 나무나 구조물을 그리는 데 꽤 많은 지적을 받았다. 결국 여름방학에는 미술학원을 다니며 드로잉 기술을 업그레이드해 보려고 했는데, 여태까지 쌓은 나만의 드로잉 기술은 부정당한 채 정해진 양식의 스킬을 강요받았다. 그 과정에서 나는 과연 창조적인 작업이란 무엇인가, 이렇게 정해진 틀 안에서 창조라는 성과를 낼 수 있을까 하는 의문이 들었다. 그렇게 방황하며 도시공학 공부하기를 1.5년, 어느덧 군대에 갈 시기가 되었다.

군복무를 하면서 무엇을 하며 남은 인생을 살아

가야 할 것인가에 대해 고민하기 시작했다. 이제는 멋있어 보이는 것 말고, 높은 소득을 꾸준하게 창출할 수 있는 현실적인 직업을 얻기 위해 공부를 해야겠다는 생각이 들었다. 군대를 마치고 복학하기 전, 나는 군대에 가기 전에 친했던 선배들을 하나둘씩 만나기 시작했다. 도시공학을 전공한 선배, 토목공학을 전공한 선배, 그리고 동아리를 통해 알게 된 타 전공 선배를 말이다.

그때 선배들을 만나며 들었던 생각은, 왠지 대기업이나 공기업에 다니는 선배들이 비교적 살 만해 보였다는 점이었다. 공무원도 분명 좋아 보였는데, 딱히 가진 것 없는 내 상황에 공무원 월급으로 생활하긴 빠듯할 것 같아 애초에 후보군에서 제외했다. 상황이 허락한다면 공무원 역시 건설 엔지니어로서 충분히 매력적인 직업군이다. 도시와 구조물 전체를 디자인하는 것은 지자체 공무원의 일이고, 각종 규제나 규범을 만드는 일 역시 중앙부처 공무원의 일이기 때문이다. 결국 직간접적으로 건설 산업에 중요한 역할을 수행하는 것이 공무원이라는 직업이다.

여튼 나는 그렇게 대기업 혹은 공기업이라는 목

표를 정해놓고, 다시 학과라는 선택지를 꺼내놓으니 도시공학보다는 토목공학이 적절한 선택으로 보였다. 토목공학을 전공한 선배들이 당시 취직했던 곳을 살펴보니 삼성, 현대, GS와 같은 유수의 대기업, 그리고 LH공사, 한국전력, 수자원공사, 도로공사, 석유공사 등의 메이저 공기업이었다. 이렇게 보니 선택지는 조금 더 또렷해졌다. 가자, 토목으로!

그렇게 먹고사니즘의 일환으로 선택한 토목공학이었지만, 한 학기 한 학기 전공과목을 배워나가면서 무언가 계속해서 성장한다는 느낌이 들기 시작했다. 토목공학에서 배우는 과목은 정역학, 구조역학, 유체역학, 토질역학과 같은 것들인데, 숫자로 딱딱 떨어지는 일련의 과정들이 배우면 배울수록 흥미로워 적성에 맞는다는 생각이 들기 시작했다. 제도나 드로잉 수업을 받을 때는 선생님의 주관에 따라 나의 실력을 평가받는다는 느낌이 들었지만, 공학은 그렇지 않았다. 만약 선생님이 평가를 잘못했다면, 당장 교재나 수식을 가지고 따질 수도 있었고, 그 과정에서 내 논리가 맞기도 했다.

이런 측면에서 보자면 공학은 확실히 여태까지 경험하지 못한 매력적인 학문이었다. 고등학교 시절, 그러니까 원리주의자 시절의 나는 공학이라 함은 무언가 세상과 타협해야 하는 어정쩡한 학문이라 생각했다. 그래서 수능을 본 뒤 제일 가고 싶어 한 과는 순수과학을 공부하는 자연과학부였다. 하지만 대학에 들어와 제대로 공학을 공부하기 시작하니 이렇게 흥미로운 학문이 있다는 사실에 놀랐다. 공학에는 언제나 비용이나 공간의 제약이 있었고, 이러한 것들을 하나하나 풀어나가는 훈련의 연속이었다.

예를 들어 이런 문제를 생각해보자. 공학의 기본인 정역학에서 푸는 가장 기초적인 문제는 점보 제트기를 끌고 가는 자동차에 연결된 견인봉Tow bar의 규격을 정하는 것이다. 이러한 문제를 풀기 위해서는 견인봉 자재의 탄성계수, 단면적, 변형률 등을 고려하여 버틸 수 있는 최대응력을 계산해야 한다. 여기서 아무리 좋은 금속이라 할지라도 비용이 과하면 사용할 수 없고, 현실 세계에서 공급이 원활하지 못하면 선택하지 못한다.

실제로 공학을 전공하고 현실 세계로 들어가면

정말 이러한 문제를 수없이 맞닥뜨리기 시작하게 된다. 예컨대 유럽이나 미국에서 뛰어난 엔지니어가 우리나라 서해안에 건설될 방파제를 설계했다고 가정해보자. 하지만 설계도 속 재료의 강도나 비중 등의 특성에 맞는 피복석Armor stone이라 불리는 큰 돌이 우리나라에 존재하지 않는 경우, 다시 설계해야 한다. 한국에서 구할 수 있는 화강암이나 석회암 특성을 피복석에 반영해야 비로소 완성된 설계라고 할 수 있다. 강판Steel Plate의 경우도 피복석과 같아서, 지역에 따라 생산되는 강판 두께와 종류가 달라지고, 그 나라의 철강산업 성숙도에 따라 품질이 달라진다.

흔히 하는 이야기지만, 다이아몬드로 스마트폰 커버를 만든다면 아무리 던지고 떨어뜨려도 깨지진 않을 것이다. 하지만 그렇게 되면 200그램짜리 스마트폰 하나를 만드는 데 적어도 수십억 원이 필요할 것이다. 그렇기 때문에 공학의 영역에서는 늘 비용편익분석Cost-Benefit Analysis을 하게 된다. 비용Cost이 편익Benefit을 넘는지 넘지 않는지가 늘 판단의 근거가 된다. 아무리 편익이 높아 필요하다 하더라도, 비용이 지나치게 높으면 선택할 수 없다. 마치 다이아몬드로

스마트폰의 커버를 만들 수 없듯이 말이다.

이렇듯 학문 자체는 내 성향과 잘 맞아 재미를 느껴가고 있었지만, 주변에 건설을 업으로 삼고 살아가는 어른은 한 명도 없던 상황이라 직업을 선택하는 데는 다소 어려움이 있었다. 학교를 다니면서 간간히 측량도 해보고, 콘크리트 타설도 해보고, 토질시료 샘플 등을 검사하는 아르바이트를 해보긴 했으나, 정작 건설회사에서 어떤 일을 하는지에 대한 정보는 전혀 없던 상태였기 때문이다.

훗날 건설회사에 입사하고 처음 지하철 현장에 갔을 때, 하이바(파이버 헬멧을 공사 현장에서 부르는 준말)를 처음 썼을 때의 느낌을 지울 수 없다. '아, 내가 선택한 건설 엔지니어란 직업이 이런 것이구나' 하는 막연하고 숨이 막히는 느낌 말이다.

가장 까다로운
'을'이 되는 길

간혹 내 손으로 내가 원하는 집을 짓고 싶다는 이유로 건축사나 건설 엔지니어가 되고 싶다는 분들을 만난다. 하지만 기본적으로 건축사나 건설 엔지니어는 '을'로서, 건축주나 발주자와 같은 '갑'이 원하는 구조물을 지어주는 역할이지, 본인이 원하는 것을 만들지는 못한다. 만약 내가 원하는 집을 짓고 싶다면, 먼저 돈을 많이 벌고, 신뢰할 만한 건축사와 오랜 기간 논의를 통해 설계하고 시공하는 방법이 가장 적합하다는 말을 해주고 싶다.

일반적인 관점에서 보자면 앞서 언급한 갑을의 관계는 갑에게만 유리한 것으로 여겨질 수 있다. 하지만 갑을 관계는 철저한 계약 관계이다 보니, 꼭 누가 유리하고 누가 불리한 것은 아니다. 을도 얼마든지 제한된 예산과 시간 안에서 솔루션을 제안할 수 있는 것이고, 예산과 시간이라는 제약사항에 대한 부담감이 더 큰 갑은 그 많은 제안 중에 의사결정Decision making을 해야 한다는 어려움이 있다.

물론 건설 엔지니어가 되어 '갑'의 위치에서 근무할 수도 있다. 공무원이나 공기업 등의 발주처에 취직하여 일하는 것이다. 하지만 막상 그 '갑'의 위치에 근무하면 또 다양한 이해 당사자와 마주치게 된다. 예컨대 건물 하나를 건립하려면 해당 부지 주변의 주민, 송변전로를 조성해주는 한전, 문화재청, 상하수도사업본부, 도로지방사업소, 광통신망 사업자, 지역난방공사 등 수많은 이해 당사자 간의 관계를 조율해야 하는데, 이쯤 되면 그 '갑'의 역할도 쉬운 일이 아님을 알 수 있다.

게다가 갑의 위치에 있다 하더라도 자기 돈이 아니라면 결국 예산 확보라는 고질적인 어려움에 봉착하게 된다. 국가가 실시하는 관급공사라면 매년 기획재정부와 국회의 예산편성안을 신경 써야 하고, 민간공사라면 프로젝트 파이낸싱PF, Project Financing이라 하는 형태로 상당 부분을 금융권에서 대출받아야 하는데, 이 과정도 만만치 않은 일이다. 월급을 따박 따박 받는 사람이야 발 뻗고 잘 수 있지만, 월급을 주어야 하는 사장님은 월급날 언저리만 되면 머리를 싸매고 있듯이, 공사대금을 제때 주어야 하는 발주자 역시 고민이 많아질 수밖에 없다. 최근 아파트 재건축 사업에서 조합의 전문성이 점차 중요해지는데, 전문적이지 않은 인력이 갑의 위치에 있으면 성공적인 프로젝트 수행에 저해 요인으로 작용하기도 한다.

갑을 관계를 떠나서 건설 엔지니어의 직업적 보람은 인류에 보탬이 되는 구조물에 벽돌 한 장 얹는다는 것에서 찾을 수 있다. 이는 갑의 위치에서 기여하든 을의 위치에서 기여하든 병의 위치에서 기여하든 그 역할의 중요성을 평가하기 어렵다. 프로젝트를 처음부터 준비하고 유지 보수까지 관장하는 발주자의 경우 실질적인 구조물의 주인으로서 보람을 느낄 수도 있다. 하지만 막상 해당 구조물의 동선 하나하나, 콘크리트 및 철근의 배치 하나하나 직접 내 손으로 만든 시공사나 자재 납품사의 보람 역시 무시하기 어렵다. 다 만들어진 구조물 벽면의 질감Texture을 손으로 만지며 자식과 같이 느끼는 감정은 직접 구조물과 땀을 섞어가며 일한 사람들만 느낄 수 있는 제한된 경험이기 때문이다.

실제로 이러한 건설 엔지니어가 되고 싶으면 어떻게 해야 할까. 건설 엔지니어가 되고자 한다면 먼저 관련 학과에 진학해야 하고, 자격증을 따야 한다. 우리나라에서 건설 관련 자격증은 매우 다양하지만, 엔지니어링의 관점으로 국한시켜 보자면 고등학교를 나오고 취득하는 기능사, 전문대학을 나오고 취득하는 산업기사, 4년제 대학을 나오고 취득하는 기사, 그리고 현업의 경험을 바탕으로 취득하는 기술사와 같은 전문 자격증이 필요하다.

건설 엔지니어는 기본적으로 계량화된 수식을 바탕으로 안전한 구조물을 계산하고 만들어야 하기 때문에 수학적 역량이 필수적이다. 아울러 규격이나 규정과 같은 것은 국제적으로 적용되는 외국의 규정 및 시방서(도면에 표시할 수 없는 세부사항을 기록하는 문서)를 사용할 수도 있기 때문에 영어를 잘하는 편이 유리하다. 건설 엔지니어가 배우는 이론들은 대부분 미국이나 유럽에서 기반을 닦은 것이 많아서, 영어만 원활하게 구사할 수 있다면 세계 어디서나 배운 바를 적용할 수 있고, 국내에서 배운 기술적 지식을 바탕으로 외국 전문 자격증을 따는 일도 가능하다.

이 때문에 국내 많은 건설회사가 중동이나 아프리카, 최근엔 유럽이나 호주와 같은 곳에서 많은 프로젝트를 수행하고 있다. 때로는 가족들과 떨어져 살아야 한다는 단점이 존재하지만, 우리나라에서 배운 바를 바탕으로 외국에서 돈을 벌 수 있다는 사실은 개인적으로 큰 매력으로 느껴질 수 있다. 자신감은 누적된 작은 성공과 입증을 통해 발현되는 것인데, 이와 같은 관점에서 보자면 꽤 흥미로울 수 있는 전공일 수 있다.

엔지니어링 관점을 넘어서면, 건설이라는 큰 범주 안에서 조금 더 다양한 직업을 찾아볼 수 있다. 보통 수백억 혹은 수천억, 조 원 단위 프로젝트가 대부분인 건설업에서는 건설 엔지니어뿐만 아니라 다양한 직군이 필요하기 때문이다. 먼저 해당 프로젝트를 발주한 사업의 주인이 존재한다. 쉽게 이야기하자면 다음과 같다.

지어야 할 구조물이 댐이면 발주자는 수자원공사, 구조물이 고속도로라면 발주자는 한국도로공사, 구조물이 공공아파트라면 발주자는 LH, 구조물이 발전소라면 발주자는 한국전력 및 그 자회사, 구조물이 학교라면 발주자는 각 시도 교육청, 구조물이 군시설물이라면 발주자는 국방부, 구조물이 상업건물이라면 발주자는 건물주, 구조물이 석유화학시설이라면 발주자는 SK 혹은 GS, 구조물이 통신망이라면 발주자는 KT, 구조물이 병원이라면 발주자는 세브란스병원, 이런 식이다.

이러한 공기업 및 민간기업, 심지어 병원이나 학교, 군부대에도 해당 구조물 발주를 담당하는 직원은 건축공학이나 토목공학을 전공한 엔지니어 출신이다. 이들은 신입으로 가기도 하고 건설회사를 다니다가 경력직으로 가기도 한다. 공기업이나 공무원의 경우는 보통 시험을 통해 신입 직원으로 고용되어 경력을 이어나가는 편이 일반적이다. 발주자는 보통 자기자본만으로 구조물을 짓지 않는데, 우리가 아파트를 구입할 때 모기지론Mortgage loan을 이용하는 것과 유사한 것이다.

이때 자기자본에 타인자본, 즉 빚을 질 때 필요한 주체가 은행이나 보험사와 같은 금융권인데, 여기에도 건설 엔지니어가 필요하다. 만약 1조 원짜리 건설 프로젝트가 있고, 거기에 7000억 원을 채권으로 조달한다면, 그 7000억 원을 빌려줘도 되는지 아닌지에 대한 엔지니어링적인 판단이 필요하기 때문이다. 이 때문에 건설 엔지니어는 금융권에도 꽤나 많이 존재한다.

하지만 금융권 역시 너무 많은 인력을 고용하기는 부담스럽다. 이럴 때 필요한 회사가 엔지니어링 회사이다. 해당 프로젝트가 정말 제대로 된 회사에서 제대로 된 공법으로 잘 만들어질 것인지에 대한 검증을 실시하는 전문가 집단 말이다. 이들 엔지니어링 회사는 프로젝트의 기술적인 부분뿐만 아니라 재무, 구매, 인력 등 전반적인 능력을 확인하며, 수천억 원의 돈을 빌려주어도 괜찮을지 여부를 평가한다.

이러한 엔지니어링 회사는 관리 인력을 제외한 대부분이 건설 엔지니어로 구성되어 있는데, 최근 플랜트 및 발전소 분야가 부각됨에 따라 건축공학, 토목공학뿐만 아니라 기계공학이나 화학공학, 전기공학 등을 전공한 엔지니어들도 다수 근무한다. 비단 플랜트 프로젝트가 아니라도 공조, 전기, 배관 등은 아파트를 비롯한 어느 건물에나 필요하기 때문에, 거의 모든 건설 프로젝트에는 기계, 전기공학 엔지니어들이 함께한다.

공구리 치는 일의 거룩함

대학 시절, 철근콘크리트 수업 중 콘크리트 타설 실습을 한 적이 있다. 고백하자면 이때까지 나는 콘크리트가 어떻게 만들어지는지 전혀 알지 못했다. 여지껏 평생 건설 엔지니어를 만나본 적도 없고 학과도 수능 점수에 맞춰서 어쩌다가 들어왔기 때문에 콘크리트가 만들어지는 과정을 주의 깊게 들여다볼 생각도 하지 않았다. 콘크리트 타설 실습은 커다랗고 빨간 고무 대야에 시멘트 반죽을 만들고, 자갈과 모래를 일정 비율대로 섞은 후, 압축강도 시험을 위해 원통형 철재 거푸집에 액체 상태 콘크리트 페이스트Paste를 집어넣는 식으로 진행된다. 이렇게 만들어진 원통형 콘크리트를 우리는 공시체Test piece/Specimen라 부르고, 이는 표준화된 형상을 갖는 재료시험용 시험체를 말한다.

액체 상태 콘크리트가 원통형 거푸집에 잘 들어갈 수 있도록 다짐봉Pounding bar을 통해 구석구석 잘 다져줘야 하는데, 지름 15센티미터, 높이 30센티미터의 공시체인 경우 3층으로 나누어 각 층마다 25회씩 꼼꼼하게 눌러주고 나무망치로 거푸집 옆면을 두드려 빈 공간이 존재하지 않게 마무리를 해줘야 한다. 그때만 해도 나는 이러한 실험 행위를 그렇게 중요하게 생각하지 않았고, 그저 중고등학교 시절부터 해오던 과학실험의 하나로 여겼다. 그래서 친구들과 시시덕거리며 신기하다고, '우리가 공구리도 다 치는구나(콘크리트 타설을 가리키는 공사 현장 용어)' 하며 대충대충 실험에 임했다. 솔직한 마음으로는, 비싸게 주고 산 폴로 셔츠에 혹여 콘크리트 반죽이 묻을까 봐 의도적으로 살짝 거리를 두기도 했다.

문제는 한 달 후 거푸집을 떼어내고 공시체를 통해 압축강도 실험을 할 때였다. 교수님은 화가 많이 난 모습으로 우리 조의 이름을 불렀다. 이 원통형 콘크리트 공시체를 만든 조는 앞으로 나오라고 말이다. 교수님이 화가 난 이유는 다음과 같았다. 다른 조가 만든 콘크리트 공시체는 대부분 대리석과 같이 매끄럽게 마감되어 있었는데, 우리 조가 만든 콘크리트 원통은 아래 부분에서 시멘트와 자갈이 분리되는 현상이 발생해, 손으로 만지면 부스러기가 푸석푸석하게 떨어져 나왔다.

그때 고작 높이 30센티미터짜리 콘크리트 공시체 하나 제대로 만들지 못하는 엔지니어가 어떻게 존재할 수 있느냐고 많이 혼났다. 물론 혼나는 당시 시점에서는 혹여나 학점이 잘 나오지 않을까 봐 걱정한 게 더 컸다. 실제로 이게 얼마나 크나큰 잘못인지를 몰랐다. 하지만 훗날 콘크리트 타설을 진두지휘할 때 비로소 깨닫게 되었다. 아무리 실험이지만 얼마나 큰 잘못을 저질렀던 것인지 말이다. 건설 엔지니어, 아니 모든 엔지니어에게 가장 중요한 덕목은 품질관리이다.

처음 현장에서 진짜 '공구리를 치던' 날이 기억난다. 건설 엔지니어에게 콘크리트를 타설하는 날은 늘 특별한 날이다. 오랜 기간 설계하고, 가설 작업대 및 거푸집을 설치하고, 철근을 맨 다음 마지막에 실시하는 것이 콘크리트를 타설하는 일이기 때문이다. 콘크리트를 타설하는 작업이 멀리서 봤을 때는 그냥 단순히 시멘트와 자갈의 반죽을 밀어 넣는 행위로 보이겠지만, 사실은 매우 고차원적인 공학적 사고가 필요한 일이다. 미리 생각하고 준비해야 하는 부분이 아주 많다는 말이다.

먼저 시멘트와 물, 자갈과 모래 등의 비율을 테스트하고, 원하는 강도Strength가 나올 수 있는지 검토해야 한다. 그리고 벽체나 슬라브의 두께가 두껍다면 내부와 외부의 온도 차이로 인해 균열이 발생할 수 있는데, 이 경우 해당 온도 차이를 어떻게 줄일지 대안을 마련해야 한다. 때에 따라 물이 흐를 수 있는 파이프를 매설하여 양생 기간 중 60~70도까지 올라가는 온도를 제어하기도 한다. 더불어 콘크리트 타설하는 동선을 시뮬레이션 해봐야 하는데, 막상 타설을 시작하면 수십 대의 레미콘이 쉬지 않고 밀려들어 오기 때문이다. 만약 콘크리트를 타설하는 펌프카의 동선이 꼬여버리면 콘크리트를 타설하다 중단하는 사태가 발생하는데, 이렇게 되면 품질에 큰 영향을 미친다.

물론 건설 엔지니어가 흔히 '자바라'라고 부르는

콘크리트 펌프카의 호스를 직접 들고 콘크리트를 타설하지는 않는다. 직접 호스를 들고 콘크리트를 타설하는 노무자 분들의 동선을 파악하고 펌프카와 레미콘 등의 장비가 유기적으로 연결될 수 있게 계획하고 지시하는 일종의 지휘자 역할을 하는 것이 현장 건설 엔지니어의 몫이다. 콘크리트의 강도가 원하는 대로 나오지 않는다면 이미 타설한 구조물이라도 철거해야 할 수 있기 때문에, 매우 철저하게 준비하고 진행해야 한다.

콘크리트를 타설하고 나서는 구석구석 잘 퍼질 수 있게 바이브레이터Vibrator라 하는 1미터가량의 진동기를 집어넣어 공사를 진행한다. 이게 너무 많이 진동을 주면 콘크리트의 반죽이 지나치게 묽어지거나 재료가 분리되는 현상이 발생해서 지침에 따른 진동 및 간격이 매우 중요하다. 한 번은 현장의 노무자 분이 해당 지침과 다르게 시공을 하기에, 내가 직접 시범을 보여준 적이 있었다.

하지만 그 강력한 기계의 진동을 감당하지 못하고 5분 만에 바이브레이터를 노무자에게 돌려주었다. 평생 책상에 앉아서 공부만 하던 내가 감당하기

엔 너무 큰 강도의 노동이었다. 그날은 하루 종일 잠들기 전까지 손이 덜덜 떨렸던 기억이 난다. 세상에는 역시 각자 역할에 따라 해야 할 일과 할 수 있는 일이 따로 있다는 생각이 들었다.

누군가 공구리 치는 것이 건설 엔지니어의 일이냐고 물어본다면, 나는 예스Yes라고 답변할 것이다. 그리고 공구리 치는 일은 매우 철저하게 수행되어야 하는 중요한 일이기도 하다.

사실 철근콘크리트는 인류가 신에게서 받은 축복이다. 콘크리트 자체만 보면 압축력이 강하지만, 당기는 힘인 인장력에는 약하다. 반면 철근은 콘크리트의 부족한 부분을 보완해줄 수 있는데, 다행히 이 두 재료의 열팽창계수가 유사하기 때문에 찰떡궁합의 건설자재로 사용될 수 있는 것이다.

아울러 철근은 강도가 높은 반면 부식과 화재에 약하다는 단점이 있는데, 이마저도 콘크리트가 보완해주는 역할을 한다. 콘크리트가 생성되면서 만들어지는 강한 알칼리성 수산화칼슘은 철근을 감싸 안으며 부식을 방지해준다. 게다가 철근은 콘크리트 안에

쏙 들어가 있기 때문에 불이 나더라도 직접적으로 영향을 받지 않는다. 콘크리트가 철근의 내화피복재 역할을 하기 때문이다.

이런 철근콘크리트가 없었다면 아마도 우리는 여전히 단층집에 살아야 했을 것이고, 그랬다면 인구 천만 명이 서울이라는 작은 도시에 용적률을 높이는 식으로 도심 속 녹지를 형성하며 살 수도 없었을 것이다. 콘크리트 덕분에 우리는 높은 아파트에서도 안정감 있게 거주할 수 있고, 내화성 및 내부식성, 그리고 단열이 완벽하게 된 집에서 살 수 있게 되었다. 현대 인류의 수명 연장에 가장 큰 기여를 한 발명은 상하수도 시스템인데, 이 역시 콘크리트 흄관과 콘크리트 정수 및 하수처리장이 없었다면 불가능했을 시스템이다.

이렇게 중요한 공구리를 치는 일이 나의 일이냐고 물어본다면, 기쁜 마음으로 그렇다라고 할 수밖에!

직업과 인생의

공급망

건설 엔지니어 안에서도 길이 여러 가지 있다. 그래서 이 직업군이 꼭 어떤 일을 한다고 말하기는 쉽지 않다. 큰 줄기로 보자면 건축과 토목으로 분류되고 각 부문에서 설계와 시공으로 나뉘는 게 일반적인 건설 엔지니어의 분류다. 아울러 최근엔 인프라 대체투자가 활성화되어 금융권으로 업역을 넓힌 엔지니어도 많이 있으며, 현재 나처럼 사업개발을 하게 될 수도 있다. 이쯤 되면 엔지니어여도 경제경영 지식도 필요로 하게 된다.

어떻게 하면 더 괜찮은 설명이 될까. 그래, 건설업의 공급망Supply chain에 대해 간략히 이야기해보도록 하자. 어떤 구조물이 필요하다고 가정해보면, 먼저 해당 구조물을 만드는 데 드는 자본Equity을 투입하고 부채Debt를 일으키는 발주자가 필요하다. 아파트를 살 때도 자기자본 외에 은행으로부터 대출을 받듯이, 거의 대부분의 구조물은 금융권으로부터 부채를 조달하는 파이낸싱Financing을 통해 건설비용을 충당한다. 여기서 발주자라 함은 단독주택이면 건축주이고, 공공 구조물이면 정부가 되는 것이고, 발전소라면 발전사업자 등이 될 것이다. 여기서 근무하는 사람들 역시 건축이나 토목을 전공한 엔지니어 출신이다.

발주를 했다면 설계를 해야 하고, 공정 계획, 구매 등을 진행해야 하는데, 여기서는 보통 우리가 알고 있는 현대엔지니어링, 삼성엔지니어링과 같은 대기업 엔지니어링사, 혹은 희림, 정림건축과 같은 건축사사무소와 같은 설계사들이 진행한다. 직접 설계를 하기도 하고 OE Owner's Engineer라 하는 발주자 대리인의 역할을 하기도 한다. 이때 유한요소해석 등의 수치해석 기반 구조계산을 수행하기도 하는데, 이 분야에서 일을 하기 위해서는 수학적 지식이 어느 정도 필요하다.

그러고 나서 우리 머릿속에 있는 흔한 시공사가

등장하는데, 보통 주변에서 볼 수 있는 현대 힐스테이트나 래미안, 푸르지오와 같은 건물을 만드는 건설회사들이다. 물론 이런 원도급 시공사뿐 아니라 하도급 시공사 및 건설자재업체, 장비업체 등 다양한 공급망이 존재하는데, 건설을 전공한 많은 사람이 이 영역에서 일하고 있다. 건설회사뿐만 아니라 창호, 세면대, 가구 등 인테리어 자재를 만들고 공급하는 제조업에도 전공자들이 많이 근무하고 있다.

여기에 이 시공사가 잘하는지 못하는지 관리 감독하는 감리도 존재한다. 품질관리 측면에서 발주자의 눈과 같은 역할을 하는 분들이다. 아울러 발주자에게 돈을 빌려주는 금융업, 여러 인프라 자산을 운용하는 연기금 및 운용사 등의 다양한 직업의 세계가 열려 있다. 나는 시공사에서 업무를 시작하여 경력을 쌓은 후, 사업을 개발하는 발주자로 업무를 전환한 케이스이다. 주변을 보더라도 같은 시공사에서 일을 하다 운용사나 대주단 등 금융권으로 일을 옮겨 간 경우도 많이 있으며, 공무원이나 설계사 쪽으로 옮긴 경우도 있다.

앞의 설명을 보면서 느꼈겠지만, 사실 건설 엔지

니어 중에서 하이바 쓰고 철근 매고 공구리 치는 사람들은 그리 많지 않다. 어디까지나 공학을 전공한 엔지니어이기 때문에 그러한 육체노동 혹은 관리보다는 더 큰 책임과 의무가 주어지는 영역에서 활동하는 경우가 많다. 하지만 드라마 〈미생〉의 명대사 "현장이지 말입니다"와 같이 대부분의 문제 발생 및 해결점은 현장에 있기 때문에, 어떤 역할을 수행하든 현장에 나서는 일을 마다할 수 없다. 설계를 하든, 시공을 하든, 감리를 하든, 대체투자를 하든, 가급적이면 하이바를 쓰고 현장에 나가 내가 만드는 구조물이 실제 어떻게 진행되고 있는지 파악하는 일은 늘 최우선이 되어야 한다.

건설 엔지니어 안에서도 어떤 일을 평생 한다기보다는, 해당 공급망 안에서 어느 정도 니즈에 따라 업의 형태를 변경해나가며 일을 한다고 보면 될 것이다. 이러한 현상은 비단 건설업뿐만 아니라 다른 산업도 유사할 것이다. 만약 이 책을 보고 있는 독자가 학생이라면, 지나치게 일찍 자신의 바운더리Boundary를 한정하지 말고 조금 더 여유롭게 많은 직업의 세계를 탐구하는 자세도 필요하다고 생각한다.

대학을 졸업할 시기에 유학을 다녀온 선배와 대화할 기회가 있었다. 당시만 해도 나는 유학을 갈 것인지, 공무원을 할 것인지, 대기업에 갈 것인지 고민하던 차였는데, 그때 그 선배가 해준 말이 여전히 기억에 남는다.

"산 정상에 오르기 전까지는 그 산 너머에 무엇이 있는지 우리는 모르지. 하지만 열심히 준비하고 산 정상에 오른다면 내려가는 길은 여러 갈래가 있을 수 있고, 너는 가장 마음에 드는 길을 잡고 내려가면 되는 거지. 너무 미래에 대해 고민만 잔뜩 하지 말고, 일단 가장 효율적으로 산에 오르는 방법을 먼저 실행하는 게 어떻겠니?"

수십 년 후에 내가 무엇을 할 것인가에 대한 지나친 고민보다는, 수 년 내에 내가 원하는 바를 달성하기 위해 현재 내가 해야 할 일을 제대로 하는 것이 올바른 삶의 자세라는 것이다. 고등학생이라면 먼저 내신이나 수능 성적을 잘 받은 후에 조금 더 좋은 교육을 받을 수 있는 대학에 가야 할 것이고, 대학생이라면 먼저 학점을 잘 받은 후에 조금 더 급여를 많이 받는 회사나 더 나은 교육 기회를 제공받을 수 있는 상급 교육기관에 가야 할 것이다. 결국 고민은 고민일 뿐이고, 현재 나의 실력을 키워나가는 것인 급선무라는 의미였다.

우리들도 했어,

건설을!

흔히 어른들은 학교 다닐 때가 좋다는 이야기를 많이 한다. 하지만 내 견해는 그렇지 않다. 나의 경우는 회사를 다니며 더 재미있는 생활을 경험하게 되었다. 먼저 중고등학교에서 대학으로 넘어가며 그 획일적인 평가에서 해방된 것이 나에게는 좋은 경험의 시작이었다. 내가 수능을 보던 때에 응시자는 수능 역사상 정점이었던 86만 명이었는데, 1, 2점 차이로 수백 수천 등이 갈리던 시절이었다.

그야말로 획일적인 평가로 학생을 재단하던 때였다. 나 같은 경우는 국어를 잘 못하고, 수학과 과학을 잘하던 학생이었는데, 국어의 점수가 워낙 좋지 않다 보니 전체적으로 점수가 높지 않아 원하는 대학이나 학과에 진학할 수가 없었다. 물론 국제수학경시대회에 나가서 메달을 딸 정도로 수학 하나만을 기가 막히게 잘한다면 이야기가 달라질 수 있었겠지만, 또 그 정도의 재능은 없는, 일반적인 대한민국 상위권 고등학생 수준 그 이상 그 이하도 아니었던 것이다.

이러다 보니 중고등학교 시절에는 딱히 자존감이 높아질 일도 없었고, 이 사회 속에서 내가 과연 어떤 의미 있는 일을 할 수 있을지에 대한 의문만 자꾸 들었다. 학교의 등수는 고착화되었는데, 나보다 늘 앞에 있는 3~4명보다 내가 더 나은 무언가가 될 것이란 생각을 하지 못했다. 결국 그 3~4명의 친구들은 다들 서울대 및 카이스트와 같은 학교에 진학했는데, 그때까지만 하더라도 그 친구들과 나의 우열 관계는 정해진 것이란 생각이 들었다.

하지만 대학에 가고 나서, 나보다 앞에 있던 상당수의 친구들은 이미 다른 세계에 있다는 사실을 인지하게 되었다. 그러니까 물리학과나 전자공학과, 컴퓨터공학과와 같은 곳에 간 친구들과 더 이상 입사나 진학을 위해 경쟁하지 않아도 된다는 말이었다. 그리고 대학에서는 고등학교까지의 획일화된 과정보다는 조금 더 다양한 영역의 길이 보이기 시작했다. 사실 대학에서도 나는 최고 수준의 학점을 받는 학생은 아니었다. 같이 공부하던 친구들은 늘 A+로 도배된 성적표를 받았지만, 나는 그저 B와 A를 번갈아 가면서 받는 수준의 학생이었다.

대신 친구들이 학업에만 열중하고 있을 때, 나는 어학연수와 여행을 통해 견문을 넓혔고, 각종 대외 활동을 통해 조직력과 리더십을 키워나갈 수 있었다. 운이 좋게도 참여했던 공모전에서는 해당 학회에서 가장 큰 상을 받았는데, 덕분에 당시 강남의 좋은 호텔에서 서울시장에게 상을 받기도 했다. 이때부터 어떤 통찰이 생겨나기 시작했던 것 같다. 꼭 획일화된 평가 방식 속에서 나보다 똑똑한 친구들과 경쟁해서 이기는 게 능사가 아니다. 다른 방식으로 나의 능력을 키워나가고 평가받는 것도 방법일 수 있겠다는 생각 말이다.

현재 세계 부자 순위 1, 2위를 다투는 사람 중 하나인 제프 베이조스의 자서전인 《제프 베조스, 발명과 방황Invent and Wander》을 보면 다음과 같은 일화가 등장한다. 우주를 연구하는 이론물리학자를 꿈꿨던 베이조스는 프린스턴 대학 물리학과에 진학했다. 하지만 3학년 시절 양자역학 수업에서 편미분방정식을 풀지 못해 끙끙댔는데, 스리랑카 출신 친구가 간단히 답을 풀어내는 것을 보고 그 친구에 비하면 자신은 결코 뛰어난 이론물리학자가 될 수 없다는 사실을 깨달았다고 한다. 그 후 베이조스는 이론물리학자의 꿈을 접고, 컴퓨터공학으로 전공을 바꿨다. 그는 컴퓨터공학을 전공한 후, 아마존이라는 세계 최고의 기업을 만들어냈다. 아마존은 처음 인터넷 서점으로 시작하여 온라인 쇼핑몰로 그 영역을 확장하고 지금은 세계 최대의 클라우드 서비스 기업이 되었다. 시가총액이 1,800조 원에 달하는 매머드급 기업이다.

이렇듯 맨손으로 세계 최고의 기업을 일궈낸 제프 베이조스와 같은 사람도 획일화된 평가의 결과에 따라 좌절감을 느끼기도 한다. 이는 비단 나만의 문제가 아니라, 대부분의 사람이 겪을 수밖에 없는 좌절감 혹은 한계일 것이다. 하지만 학교를 벗어나면 평가와 성공의 방식이 정말 수만 가지 방법으로 펼쳐져 있다. 꼭 그렇게 어려운 문제를 많이 맞춰야만 이기는 게임이 아니라는 말이다.

외신을 통해 찾아보면 제프 베이조스에게 좌절감을 안겨준 그 스리랑카 친구는 캘리포니아 공대에서 박사 학위를 취득한 후 오랫동안 브로드컴에서 근무했다고 한다. 현재도 샌프란시스코의 반도체 회사에서 기술 부문 디렉터 역할을 하고 있는데, 제프 베이조스와 굳이 비교할 필요도 없을 것이다. 인생의 성공을 꼭 돈이라는 잣대로 판단할 필요는 없지만, 친구보다 전공 성적이 낮다고 하여 꼭 그렇게 비관할 필요는 없다는 말이다.

신입사원 시절이 떠오른다. 내가 처음 신입사원이 되었을 때 나보다 반년 먼저 회사에 들어온 친구가 있었다. 그 친구는 엑셀을 사용하는 수준이 타의 추종을 불허했다. 다른 사람이 머릿속으로 상상하는 것을 엑셀로 대부분 구현해내는 그런 친구였다. 그 친구를 보면서 엑셀로 이 친구보다 나은 성과를 얻기는 어렵겠다는 생각을 했다. 그 대신 파워포인트는 내가 이 친구보다 잘할 수 있겠다는 생각이 들었다.

당시 우리 팀에게는 엑셀을 잘 다뤄서 복잡한 수식으로 점철된 정확한 견적금액을 뽑아내는 일도 중요했지만, 고객사에게 우리의 의도를 명확하게 전달하는 파워포인트 프리젠테이션도 중요한 일이었다. 결국 나는 후자에서 더 나은 성과를 보여주었고, 나중에는 영어라는 특기도 발휘하여 신입사원으로서의 능력을 보여줄 수 있었다. 꼭 치열하게 노력해서 맞부딪혀야 하는 영역에서 시간을 허비하기보다는, 내가 상대적으로 더 실력을 발휘할 수 있는 영역을 찾는 것이 중요한 것이다.

그렇게 15년가량을 일해보니, 그런 포지셔닝의 중요성이 더욱더 크게 느껴진다. 회사는 공부 잘하는 1인만이 성공할 수 있는, 그런 1인만이 이끌어갈 수 있는 조직은 아니다. 내가 잘할 수 있는 역할, 내가 기여할 수 있는 역할의 색깔을 잘 찾아서 성과에 기여할 수 있다면 그것이 자신만의 경쟁력으로 되돌아오는 것이다. 가끔 자기보다 능력이 뛰어난 동료 혹은 하급자를 시기하거나 질투하는 사람들이 있다. 그러한 동료를 질투할 것이 아니라, 그 동료의 능력을 활용하여 조직의 아웃풋이 더 잘 나올 수 있게 만들면 된다.

내가 좋아하는 만화 중에 배구만화인 〈하이큐〉가 있다. 기존 배구만화는 에이스 공격수(스파이커)를 중심으로 스토리가 전개되는데, 이 만화는 다양한 포지션의 캐릭터들을 통해 이야기를 만들어나간다. 스파이커를 위해 미끼가 되는 레프트, 코트 위의 지휘자인 세터, 공격의 시작인 리베로 등 에이스를 제외한 다양한 포지션의 역할을 잘 묘사한 작품이다. 그리고 꼭 승자만을 위한, 주인공만을 위한 스토리를 전개하지도 않는다. 배구를 하는 모든 사람의 관점에서 "우리들도 했어, 배구를"이라는 대사를 통해 참여자 각각의 입체적인 스토리를 구현해나간다.

전공의 세계도 이와 같다. 꼭 누가 누구보다 잘하고 잘나서 뛰어난 것이 아니라, 각자의 위치에서 하모니를 이뤄갈 때 좋은 구조물이 나오고 사회에 꼭 필요한 인프라가 만들어진다. 이런 측면에서 봤을 때, 나는 개인적으로 학창 시절보다 사회에서 전공을 통해 무언가를 만들어나가는 지금이 더 행복하다.

20대에서 30대로 넘어가는 순간, 마치 이 세계의 행복은 더 이상 없는 것으로 생각했던 때가 있었다. 하지만 30대는 30대 나름의 재미가 있었고, 40대는 40대 나름의 안정감과 만족감이 존재한다. 아마도 50대, 60대 역시 흥미로운 삶이 기다리고 있을 것이다. 학교 다닐 때처럼 꼭 그 86만 명 중에 3만 등이니 4만 등이니 안에 들 생각을 하며 살았던 것보다는, 동료를 믿고 의지하며 성과를 만들어가는 지금이 더 재미있는 삶이 아닌가 싶다.

기초공사

에어컨 대작전

ㄴ 밖에서 보면 낭만, 안에서 보면 땀방울

서울역 앞에는 서울스퀘어라는 육중한 23층짜리 빌딩이 있다. 이는 본래 1977년 대우센터빌딩이라는 이름으로 지어졌는데, 어린 시절부터 서울역에 가면 눈에 띄는 적벽돌의 외관이 매우 인상 깊었다. 가끔 밤에 서울역 앞을 지날 때도 있었는데, 그때마다 불이 켜져 있는 이 건물을 보며 너무 멋있다는 생각을 한 적도 있었다. 그렇게 설랬던 이곳에서 첫 직장인 대우건설 면접을 보았는데, 서울역이 내려다보이는 뷰를 보고 가슴이 매우 뛰었던 기억이 선명하다.

대우건설에 입사하고, 서울지하철과 거가대교에서의 짧은 현장 경험을 마친 후 근무하게 된 곳은 당시 본사가 위치한 이 서울스퀘어 건물이었다. 드디어

이곳에서 회사 사원증을 걸고 정장을 입고 근무하게 되었구나 하는 만족감이 들었다. 하지만 그 만족감은 정말 찰나에 지나지 않았다. 평소 밤에 불이 켜져 있던 건물의 아름다움은 곧 나의 야근으로 이어졌기 때문이다. 당시만 하더라도 주말 근무가 일상적이었는데, 한여름에 그러한 오피스 건물에서 일하는 것은 여간 힘든 일이 아니었다.

일반적으로 오피스 건물은 업무 시간 외에 냉난방시설을 가동하지 않는데, 그러다 보니 겨울에는 지나치게 춥고 여름에는 지나치게 더웠다. 안 그래도 짜증나는 주말 근무 중에 이마에서 송글송글 맺혔던 땀이 키보드 위로 떨어지면 짜증은 두 배, 세 배로 늘어났다. 특단의 대책으로 당시 팀장님은 이동식 에어컨을 이야기했고, 나는 인근 용산 전자상가에서 이동식 에어컨을 사 왔다. 보기만 해도 육중해 보였던 이동식 에어컨은 바퀴가 달려 있었는데, 대략 크기는 드럼통만 했다.

처음 그 이동식 에어컨을 가져와 사무실에서 가동했을 때가 기억난다. 다들 의구심 섞인 눈동자로 드럼통 같은 큰 이동식 에어컨을 쳐다보고 있었는데,

찬바람이 나오기 시작하니 모두들 와아 하면서 탄성을 외쳤다. 하지만 기쁨도 잠시, 찬바람이 나온 지 몇 초 지나지 않아 사무실 전체 전기가 차단되는 사태가 발생했다. 이동식 에어컨의 전력량이 사무실의 가벼운 오피스 기기 수준으로 계획된 전력 그리드와 맞지 않았던 것이다. 한두 차례 더 시도를 해봤는데, 역시 무리였다.

결국 건물 관리실로부터 경고를 받고, 100만 원 넘게 주고 사온 이동식 에어컨은 무용지물이 되었다. 이동식 에어컨에는 전자온도계가 달려 있었는데, 사무실에 자리만 잡고 틀 수 없는 이동식 에어컨을 볼 때마다 우리는 100만 원짜리 전자온도계를 샀다고 얘기하곤 했다. 그렇게 다시 한여름의 주말 근무는 계속되었다. 오피스 건물의 가장 큰 단점은 창문이 작거나 열 수 없다는 점이다. 설령 조금 열 수 있다고 하더라도, 내부 통풍이 되지 않기 때문에 바람이 순환되지도 않는다. 결국 인위적인 공조 시스템을 작동시키지 않는다면 그야말로 비닐하우스 안과 다를 바가 없는 수준이 된다.

그렇게 겉에서는 정말 멋있어 보였던 서울스퀘어

의 근무는 점점 땀방울과의 전쟁이 되었다. 멀리서 보면 희극, 가까이에서 보면 비극인 케이스이다. 15년가량 이 직업에 종사해왔는데, 그사이 근무 여건이 정말 많이 개선된 것을 느낀다. 간혹 「근로기준법」의 근무 조건 상향 조정에 대해 불만을 가진 분들이 있지만, 만약 2007년 한여름 그때의 근무 형태가 계속되었다면 과연 내가 현재까지 일을 할 수 있었을지에 대해서는 의문이 생기지 않을 수 없다. 멀리서 봐도 희극, 가까이에서 봐도 희극일 수 있게끔 우리네 회사 근로시스템이 더 나아지길 기대해본다.

누구나 실수를 한다

ㄴ 우리는 모두 불완전한 사람

내가 처음 근무했던 건물인 서울스퀘어는 붉고 거대한 정육면체 구조물이다. 드라마 〈미생〉의 배경으로도 유명하고, 과거 대우빌딩이라 불리웠던 그 건물은 어린 시절부터 한 번은 꼭 일해보고 싶은 매력적인 공간이었다. 필기시험을 보고, 면접을 보고, 꿈에 그리던 건물에서 일할 수 있어서 정말 행복했다.

하지만 행복의 유효기간은 그리 길지 않았다. 신입사원으로 처음 배치받은 팀은 토목견적팀이라 하는, 조달청 공공사업 입찰을 주로 하는 팀이었다. 우리나라 정부기관 혹은 공기업에서 발주하는 인프라 구조물 프로젝트는 모두 조달청의 나라장터라는 웹사이트를 통해서 입찰한다. 예를 들어, 경기도 화성

시의 하수처리장, 인천시 송도신도시를 잇는 입체 교량, 서울시 한강에 위치한 월드컵대교와 같은 프로젝트도 이 웹사이트를 통해서 입찰할 수 있다.

내가 처음 입사해서 입찰한 프로젝트는 수자원공사에서 발주한 어느 작은 댐이었다. 1000억 원에 달하는 프로젝트였던 것으로 기억하는데, 이 1000억 원을 이루는 단가산출서는 수천 줄에 이르렀다. 댐에 투입되는 콘크리트, 철근은 물론 직종별 인건비, 투입되는 레미콘 차량, 포크레인과 같은 건설 기계, 그리고 각종 제세금, 안전관리비와 같은 간접비용까지 넣어 구성되기 때문에 그렇게 복잡한 단가산출서가 만들어지는 것이다.

매우 복잡한 수식과 매크로가 걸린 엑셀파일을 처음 받는 순간 나는 정신이 잠시 아득해졌다. 당시만 해도 엑셀에 익숙하지 않을 때여서, 손에 익지도 않았을뿐더러 이해 자체가 쉽지 않았다. 그런데 입찰이라 하는 절차는 수십 개의 회사가 정해진 시간에 전략적으로 금액을 만들어 제출해야 하는 행위다. 눈치작전도 심하고, 초 단위로 입찰 금액이 마구 바뀌기도 한다. 하지만 조달청에서 제시한 주요 조건은 충족시켜야 하는데, 그러다 보니 엑셀파일은 복잡해지고 경우에 따라 실수를 하기도 한다.

입찰 전날, 나는 혹시나 발생할 실수를 방지하기 위해 야근을 하며 끊임없이 연습했다. 입력값Input이 주어지면 정해진 절차에 따라 빠르게 출력값Output을 만들어나가는 과정을 계속해서 반복하면서 숙달했다. 입찰 당일, 나는 선배들로부터 들어오는 인풋을 정리하여 결과물을 만들어냈다. 마감 시간이 다 되어 끝나나 싶은 순간 막판에 또 전략이 바뀌면서 10분가량 남은 순간 인풋이 또 변경되었다. 그때였다. 갑자기 머릿속이 새하얘지면서 내가 뭘 해야 하는지 하나도 생각이 나지 않는 것이었다. 분명 그 전날까지 수도 없이 연습한 절차가 하나도 생각이 나지 않고, 그저 식은땀만 줄줄 났다.

그렇게 7분, 5분이 지나고 남은 시간이 3분이 되었을 때, 옆에 있던 선배는 일단 금액을 제출해야 하니 이전에 만들었던 것을 내자고 했다. 입찰 시간 1분 전, 그렇게 전략적으로 만들어지지 못한 뭉툭한 금액이 제출되었고, 결과를 보니 우리는 순위권에서 훨씬 뒤떨어진 구간에 있었다. 눈물이 날 것 같았다. 그 오랜 기간 수많은 선배들이 준비한 입찰이 나의 바보 같은 실수 하나 때문에 다 망친 것 같아 얼굴을 들 수가 없었다. 도대체 나는 왜 취직이라는 것을 해서 이렇게 민폐를 끼치는가에 대한 생각만 계속 들었다.

그렇게 얼굴도 제대로 들지 못하고 남은 근무시간을 소화한 후 퇴근을 하려고 하는데, 같이 입찰을 준비한 선배가 곱창을 먹으러 가자고 했다. 당시 서울역 인근에는 드라마에서 보는 것과 같은 노포들이 많이 있었다. 그렇게 어느 가을 저녁에 선배 세 명과 함께 서울역 인근 길가 노포에서 곱창을 구워 먹었다. 선배들은 한 명씩 자신의 신입사원 시절 실수담을 이야기해주기 시작했다.

"오늘 네가 잘못한 건 맞는데, 사실 실수 한 번 하지 않고 살아가는 직장인이 어디 있겠냐"고 말이다. 문제는 다음부터 같은 실수를 반복하면 같이 일하기 어려우니, 조금 더 정신 차리고 일에 집중하자는 당부도 곁들여서. 당시 내게 너무나 완벽해 보이는 선배들의 실수담을 들으니 조금은 마음이 놓였다. 돌이켜보면 당시 선배들은 대략 30대 중반의 대리, 과장이었는데, 그렇게 대인배와 같이 나를 보듬어주고 조언해줬다는 것에 무한한 감사의 마음을 가지게 된다.

그 일 이후, 나는 같은 실수를 다시 하지 않았다. 입찰 전에는 아무리 익숙한 느낌이 들더라도 반복 또 반복을 하며 발생 가능한 실수의 가능성을 줄여나갔다. 아울러 새로 들어온 직원에게 나의 실수담도 이야기해주었다. 보통 이야기하는 성공실패사례Lessons Learned인데, 이렇게 성공과 실패 사례를 문서화하여 공유해야 그 조직의 발전이 있기 때문이다. 한 번은 어떤 후배 직원에게 이런 말을 듣기도 했다. 정말 완벽해 보이는 선배님에게도 그런 일이 있었다는 것에 놀랐다고.

세상에는 정말 완벽한 사람은 없고, 누구나 실수를 저지를 수 있다. 나만 불완전한 것이 아니라 부장님, 상무님, 사장님, 모두가 기본적으로는 불완전한 인간인 것이다. 중요한 것은 서로 서로가 조직 구성원을 이해하고, 실수가 발생하지 않게 팀워크를 만들고, 성공실패사례를 구축해나가며 성장하는 것이다. 그렇게 서로서로가 끈끈하게 팀워크를 만들어 개인보다 나은 조직이 되었을 때, 비로소 성장을 할 수 있는 것이다.

아주 평범한 엔지니어,
아주 평범하지 않은 직장인

건설 엔지니어는 대부분 어떠한 회사에 속해서 근무하기 마련이다. 건설업이라 하는 것이 대부분 수 백억 원에서 수조 원에 이르는 프로젝트를 다루다 보니, 개인 혼자 무엇을 할 수 있기란 쉽지 않다. 어떠한 회사에 속해서 근무한다는 말은 결국 평범한 직장인에 불과하다는 것이다. 다만 보통의 직장인과 다른 점이라면 무료한 루틴을 반복하지 않는다는 점이다. 건설 프로젝트라 하는 것들이 늘 똑같지도 않고, 프로젝트마다 발생하는 위기나 해결 방법은 모두 다 다르기 때문이다.

건설에 필요한 규정이나 법규 역시 매년 변화하기 때문에 조금이라도 공부를 게을리하면 시장을 따라가기도 쉽지 않다. 건설과 관련된 법령만 하더라도 「건축법」, 「국토의 계획 및 이용에 관한 법률」, 「공간정보의 구축 및 관리 등에 관한 법률」, 「수도법」, 「해양생태계의 보전 및 관리에 관합 법률」, 「택지개발촉진법」, 「항만법」, 「하수도법」 등 너무나 방대하여 일일이 이름만 열거하기도 어려운 수준이다.

국내법만 해도 이 정도이지만, 국제적으로 가자면 ACI American Concrete Institute(미국콘크리트학회), ASSHTO American Society of State Highway and Transportation Officials(미국도로교통공무원협회), API American Petroleum Institute(미국석유협회), 유로코드 Eurocodes 중 EN1990(설계 기초), EN1992(콘크리트 구조물), EN1993(철강 구조물), DNV Det Norske Veritas(노르웨이 기반 선박 및 재생에너지 분야 국제표준 및 규정) 등 이 또한 일일이 열거하기 어려운 수준이다. 이처럼 방대한 수준의 집단지성의 결과물이 매년 사례 및 연구에 따라 달라지기 때문에 10년 전, 20년 전 배웠던 지식은 이미 쓸모 없는 것이 되는 경우가 많다. 때문에 현업에서 적용 시에는 다시 하나하나 다 확인해야 한다.

거시경제가 변화함에 따라 달라지는 환경 역시 다

이내믹하다. 현재 글을 쓰고 있는 2022년이야 서울 시내 신축 아파트가 부족해서 아파트 가격이 고공행진을 하고 있지만, 시계를 12년 전으로 돌려보면 아무도 신축 아파트를 사지 않아 건설회사 직원들이 그러한 물량을 억지로 떠안던 시절도 존재했다. 당시 아파트 미분양에 이어 미입주까지 이어졌는데, 이렇게 되면 건설회사 현금흐름 및 재무 상황에 큰 문제가 발생하니 새 아파트에서 공짜로 전세 생활을 하면 2년 뒤 매입할 권리를 주겠다는 경우도 있었다. 이게 건설회사 직원에게만 권유했던 것은 아니었고, 일반인들에게도 주어졌던 제안이었다. 하지만 시장이 얼어붙었을 때, 이런 제안은 아무도 거들떠도 보지 않는다. 지금 생각하면 어떻게 그런 일이 있을 수 있었을까 생각할 수 있겠지만, 고작 10년 전의 상황이었다.

건설 프로젝트는 특성상 완전히 똑같은 구조물을 두 번 짓는 일은 거의 존재하지 않는다. 설령 똑같이 생긴 아파트라 할지라도, 지반과 위치에 따라 구조물의 배치와 지반공사 방법은 달라지게 될 것이고, 유행이나 발주자의 요구에 따라 외관이나 자재의 종류도 달라질 수밖에 없다. 내 경우는 처음 지하철 프로젝트로 시작했고, 이후에는 화력발전소, 해상교량, 재생에너지까지 15년가량의 직장생활을 하면서 진행한 프로젝트 중 같은 것은 하나도 없었다. 같은 아파트라 할지라도 시대가 변화함에 따라 벽체 두께나 방음, 단열 등에 대한 기준은 달라지기 마련이고, 지하주차장이나 테라스의 개수, 타워형 및 판상형, 혼합형 등 구조 역시 다양하게 변화한다.

다행히 태생적으로 새로운 것을 마주하고 배워가는 과정을 즐기는 스타일이다 보니 적응이 어렵지는 않았다. 다른 프로젝트지만, 세부적으로 보자면 어차피 땅을 파고 거푸집을 통해 콘크리트를 타설하거나 철골 구조물을 올리는 것이기 때문에 큰 틀의 방법에서 보자면 특별히 달라지지는 않는다. 프로젝트 매니지먼트 측면에서 보자면 안전관리, 품질관리, 공정관리와 같은 것이 중요한데, 이러한 것들은 바다나 땅 위에 세워지는 어느 구조물이든 전 세계적으로 유사한 기술이 적용된다.

덕분에 나는 학교를 졸업한 이후에도 꾸준히 공부를 할 수밖에 없었고, 새로운 지식과 경험을 계속해서 쌓아나갈 수 있었다. 건설 엔지니어로 살아가는 장점이라면 장점일까, 업무상 루틴 때문에 무료함을 느낀 적은 거의 없다. 늘 새로운 문서와 규정, 국제코드와 같은 것들을 접하고 새로운 기술에 대한 리포트를 습득하지 않으면 나만의 경쟁력이 사라질 수밖에 없다. 이것이 이 업이 가진 장점이자 단점이라 할 수 있겠다. 평범한 직장인이지만 평범하지 않은, 무료한 직장인이지만 무료하지 않은 직업 말이다.

번아웃, 퇴사의 유혹

ㄴ 견디는 게 능사는 아니다

13년 전, 서울지하철 7호선 공사를 하던 시절을 되돌아보면 아마도 다시 그런 생활은 못 할 것이라는 생각이 든다. 당시 출퇴근 시 주로 듣던 라디오 프로그램은 〈Hi-Five 허일후입니다〉, 그리고 〈푸른밤 문지애입니다〉였다. 그러니까 출근은 새벽 5시에, 퇴근은 밤 1시에 했다는 말인데, 주말에도 어김없이 당직근무를 하면서 정신없이 일만 했다. 그때만 해도 큰아이가 아장아장 걷던 때였는데, 어쩌다 일찍 집에 가는 날이면 아이가 아파 응급실에 가서 밤을 새우고 출근을 했던 기억이 난다.

건설 현장의 유일한 장점은 명절에 인심이 후하다는 것이다. 그해 추석도 현장은 문을 닫았고, 양손에는 스팸 선물세트를 들고 며칠간의 휴가를 마음껏 즐길 생각에 기분이 좋았다. 비가 부슬부슬 내리던 명절 첫 날 대학 도서관에 가서 평소 읽고 싶었던 책을 읽고 있었다. '그래, 역시 인생의 참맛은 쉼에 있는 것이지' 같은 생각을 하던 찰나, 회사에서 전화가 왔다. 무언가 느낌이 좋지 않다는 생각은 했지만, 그것이 명절 휴가의 끝일 것이라고는 생각하지 못했다. 그렇게 현장에서 전화를 받고 다시 출근을 했다.

당시 거주하던 인천에서 지하철 현장이 있는 부천까지 가려면 송내 지하차도 구간을 지나야 했는데, 폭우가 내리면서 지하차도 자체가 침수되었다. 침수된 상황을 몰랐던 나는 지하차도 안으로 내려갔다가, 어느 순간 차가 물속을 가르고 있다는 사실을 깨달았다. 간신히 지하차도를 빠져나와 겨우 현장으로 갔는데, 지하차도의 물난리는 난리 수준도 아니었다. 공사 중인 지하철에 매달아두었던 우수관이 터져서 지하철 공사장은 그야말로 물바다가 되었기 때문이었다. 지하철 안으로 쏟아지는 물을 막는 것도 문제였고, 쏟아진 물을 끌어올려 다시 우수관으로 보내는 것도 일이었다.

지하철 바닥에 쏟아진 물을 끌어올리기 위해서는 배수펌프가 필요했다. 당시 부천 인근의 배수펌프를 구하기 위해서 수십 번도 넘게 통화를 했던 것으로 기억한다. 그렇게 4박 5일의 명절 동안 꼬박 현장 사무실에서 폭우로 인한 침수 현장을 복구해야 했다. 명절이 끝나고 날도 갰지만, 보상휴가는 주어지지 않았다. 오히려 공사손해보험이라는 어마어마한 일이 남아 있었으니, 다시금 밤을 새서 일을 해야 하는 과정이 반복되었다.

이대로는 더 이상 일을 할 수 없겠다는 생각이 들었던 시점, 본사 인사팀에서 연락이 왔다. 기술직치고는 영어 점수가 꽤 높은 편인데, 중동에 나가 일을 해보지 않겠냐는 말이었다. 아내에게 물어봤다. 나, 중동에 가도 괜찮겠느냐고. 새벽 5시에 출근해서 밤 1시에 돌아오는 남편, 어차피 눈에 보이지도 않는 남편이기에, 아내는 그냥 원하면 나가서 차라리 돈이나 많이 벌라고 말했다. 그때만 해도 별다른 생각은 없었다. 그저 해외 현장에 나가서 아내 말처럼 돈이나 많이 벌어서 어서 유학 혹은 이민을 가야겠다는 생각만 했다.

당시만 해도 어학연수를 다녀온 지 5년도 안 되어서, 호주의 드넓은 평원이 눈에 아른거리던 시절이었다. 영어 점수도 웬만큼 나오고, 직군도 건설이니 이민을 가는 것은 그다지 어렵지 않을 것이라 생각했다. 실제로 주변에서 호주나 뉴질랜드로 기술이민을 가는 분들이 종종 보였던 시절이기도 했다. 그렇게 자의 반 타의 반으로 가게 된 중동에서의 첫 숨소리는 아직도 잊혀지지 않는다. 영화 〈모가디슈〉를 보면 극 중 국정원 참사관 강대진(조인성)이 처음 아덴 아드 국제공항에 도착해서 담배를 태우는 장면이 등장하는데, 그와 유사한 분위기라고 생각하면 된다.

처음 오만의 무스카트muscat 국제공항 문 밖을 나설 때는 높은 습도와 온도 때문에 그야말로 숨이 턱하고 막히는 느낌이 들었다. 거기에 각종 향신료 향기, 땀 냄새, 그리고 눈을 뜨지 못할 정도의 강렬한 태양광선, 이국적이라는 형용사는 이럴 때 쓰는 것이란 생각이 들었다. 벌써 10년이 지났지만, 그 당시 공항에 도착하고 200킬로미터 떨어진 현장까지 가던 기억이 여전히 그 날 태양광선처럼 또렷하다.

풀이라곤 한 포기도 보이지 않고, 물은 한 방울도 없는 강, 바람 속에 섞여 있는 모래 알갱이, 정말 지구의 끝에 왔다는 생각에 인생의 절망 한 스푼도 마음에 더해갔다. 하지만 본격적으로 업무를 시작해보니, 상황은 이전과 조금 달랐다. 첫 날 업무 시간이 끝나고, 한국에서 그랬던 것처럼 습관적으로 야근을 하려는데 당시 팀장님의 목소리가 들려왔다.

"내일도 일이 있으니, 야근하지 말고 어서 들어가자."

당시만 해도 나는 그 팀장님의 말이 인사치레 수준으로 들렸고, 조금만 일을 더 하겠다고 한 후 밤 늦게까지 일을 하다 들어갔다. 그렇게 일주일 정도 야근을 했을까. 어느 날 늦잠을 자서 5분 정도 늦게 출근을 하게 되었다. 대중교통이 없던 지역이라 지각을 하면 너무 티가 났는데, 그때 팀장님에게 들었던 꾸중이 아직도 기억에 남는다. 매일같이 습관처럼 야근을 하니, 이렇게 지각을 하고 악순환이 반복되지 않느냐고 말이다.

그다음부터는 가급적 업무 시간 안에 일을 집중해서 마무리하고, 남은 시간에는 인라인 스케이트를 배우거나 농구를 하는 등 즐기려고 노력했다. 결국 일과 일상의 밸런스를 맞추는 연습을 하기 시작한 것인데, 그렇게 루틴을 만들기 시작하니 인생이 다시 재미있어지기 시작했다. 분명 기왕 퇴사하는 거 마지막에 월급이나 많이 받고 퇴직금이나 잘 챙기자는 생각에 온 해외 현장이었지만, 이런 루틴이 반복되니 할 만하다는 생각이 들기 시작했다.

게다가 업무 스타일도 국내와 다소 달랐다. 국내 건설공사 현장에서 일을 할 때에는 무언가 문서나 절차보다는 관습과 구두로 처리하는 것이 많았는데, 해외 건설공사 현장에서는 철저히 절차Procedure나 문서 기반Document based의 업무 방식이 주를 이루었다. 계약서 역시 그 양이 방대해서 국내에 비하면 10~20배 수준이었다. 당시만 해도 주니어였던 내가 이러한 환경에 더 잘 맞았던 이유는, 절차와 문서 기반의 업무환경에서는 먼저 계약서와 시방 기준을 철저하게 공부하고 일을 하면 주니어임에도 불구하고 상황을 주도적으로 처리할 수 있었기 때문이었다.

내가 하는 일에 대해 논리적으로 참고문헌Reference을 통해 설득할 수 있었고, 여기서는 '짬밥'을 10년

먹든 20년 먹든 상관없이 일을 주도할 수 있었다. 이렇게 상대적으로 합리적인 일처리가 가능해진 환경이 주어지니 마음속에서도 더 일을 할 동기가 부여되었다. 그렇게 중동에서의 2년여 시간은 나에게 다시 일을 할 수 있게 만들어준 소중한 시간이었다. 국내 현장에서의 번아웃이 되려 해외 현장에서의 기회로 다가온 것이었다.

이후로 나는 본사에 들어와서도 건설회사를 그만둘 때까지 쭉 해외건설 업무만 지속해왔다. 객관적이고 논리적인 사고를 선호하는 개인의 취향에 더 맞았기 때문이었다. 가끔씩은 생각한다. 가급적 현재 상황을 견디어내고 버티는 것이 중요하기는 하지만, 그 버티는 힘이 힘겨울 때면 다른 환경으로 이동을 하여 상황을 타개해보는 것도 현명한 일이 아닌가. 세상에는 정말 다양한 일과 다양한 환경이 존재한다. 나에게 맞는 업의 종류가 어떤 것인지는 여러 과정을 통해 찾아보는 시도도 때로는 필요한 법이다. 아니다 싶으면 과감하게 다른 길을 개척하는 것도 본인의 실력일 것이다.

모난 돌이 세상을 바꾼다

10여 년 전 처음 중동에 일하러 갔을 때가 생각난다. 어떤 일을 시작하기 전에는 조언을 듣기 마련인데, 이 경우 현실을 부풀려서 조언하는 사람이 있는가 하면, 반대로 현실을 과소하게 조언하는 사람이 있다. 그때도 먼저 중동에서 근무한 선배와 통화를 한 적이 있었는데, 이 선배는 이곳 중동에서는 매일 새벽 5시에 출근하고 밤 10시 넘어서 숙소에 오는 것은 물론, 한 달에 쉬는 날이 이틀밖에 없다며 공포감을 조성했다.

막상 중동에 가보니 그 말이 아주 틀린 것은 아니었다. 다만 낮에는 너무 더워서 3~4시간가량 쉬는 시간이 있었으며, 밤에 근무를 하면 그다음 날에 휴식 시간을 주는 등, 어느 정도의 융통성이 그곳에도 존재했다. 게다가 회사에서 밥도 주고, 집도 주고, 심지어 술과 생활비까지 주기 때문에, 업무 외에는 신경 쓸 일이 하나도 없었다. 업무 시간도 사실 그렇게까지 길어지니 현장을 돌아다니며 에어컨 나오는 컨테이너에서 휴대폰을 하며 쉬는 사람들도 있었다. 그때 들었던 생각이, 사람들은 다 주어진 여건에서 살아갈 방법을 찾는구나 하는 것이었다.

물론 현재는 강화된 「근로기준법」에 따라 국내나 해외나 이전보다는 훨씬 여유 있는 근로시간을 편성하고, 더 긴 휴가를 주는 편이다. 외국의 건설사들을 보면 제한된 시간에는 밀도 높은 근무를 실시하되, 이후에는 매우 긴 휴가를 즐기는 근로 형태를 볼 수 있다. 아마도 우리나라의 건설 현장도 이와 같이 바뀔 것이다. 벌써 건설 현장의 주5일제가 논의되고 있다. 아마도 나의 경험은 영국 산업혁명기의 탄광 근로시간과 같이 역사 속으로 사라질 확률이 높고, 그게 더 바람직한 사회의 모습일 것이다.

나는 주니어 시절부터 올바르지 않다고 판단되는 것에 대해서는 지속적으로 시정을 요구하는 편이었다. 사실 군대 있을 때도 취침 시간에 막사 출입구가 모두 잠겨 있는 것이 화재 시 큰 리스크로 작용할 것이라 판단하여 사단장에게 불침번이 시건장치(열쇠)를 소지할 수 있게 조치해달라고 건의한 적이 있었다. 일병밖에 되지 않은 병사가 수천 명을 지휘하는 장군인 사단장에게 그러한 건의를 했다는 사실이 당시 군대 문화에서는 일반적이지 않은 일이었다. 이 때문에 당시 상당히 많은 장교에게 불려다니며 정신교육을 받은 적이 있었다.

해외 근무를 할 때도 그러했다. 고용노동부의 「근로기준법」 혹은 지침과 다른 부분이 있으면 적극적으로 의견을 피력했다. 물론 이런 원칙적인 의견을 개진할 때 나를 부담스러워하는 상사들도 여럿 존재했다. 하지만 그러한 계속된 의견 개진을 통해 조금의 진전을 이루어낼 수 있었다고 생각한다. 계란으로 바위를 이길 수는 없지만, 계속 치다 보면 1밀리미터라도 바위를 움직일 수 있지 않을까? 그런 노력이 누적되면서 건설 엔지니어의 근로 여건도 점차 나아지고 있다고 생각한다.

골조공사

나를 믿어가는 과정

대학에 진학한 이후에 용돈은 주로 과외를 통해 벌었다. 그러다 군대에 가게 되었는데, 군대에서 행정병을 하면서 워드프로세서라는 것을 접하게 되었다. 사실 군대에 올 때까지는 특별히 미래에 내가 어떤 가치를 창출하며 경제적 생활을 할 것인가에 대한 깊은 고민은 없었다. 그저 남들 다 하는 대로 학교를 다니다 보면 언젠가는 부모님과 같이 월급을 받거나 서비스를 제공하고 돈을 벌 수 있을 것이란 생각을 했다. 하지만 막상 군대에서 생산성에 대한 개념을 깨우치고 나니, 과연 내가 이 사회에서 어떠한 가치를 창출할 수 있는 구성원이 될 수 있는가에 대한 의문이 생기기 시작했다.

행정병으로 일하며 워드프로세서를 빨리 칠 수 있도록 무던히도 노력했다. 나는 사실 이등병 일병 생활을 사단장실에서 비서 역할만 했기 때문에 특별한 주특기가 없었다. 하지만 일병에서 상병으로 넘어가는 시점에 사단장은 물론 부사단장, 참모장을 비롯한 모든 사령부 멤버가 교체됨에 따라 낙동강 오리알이 될 수밖에 없었다. 다행히 나를 좋게 봐주었던 인근 정보참모부에서 남겨진 오리알을 데려다 써주었는데, 남들보다 1년가량 늦게 행정병을 시작하다 보니 정말 죽기살기로 워드프로세서를 배웠다. 아침에 체조가 끝나면 바로 올라와서 연습했고, 점심도 대충 먹자마자 올라와서 연습하고, 퇴근 시간 이후에도 불을 켜고 연습했다.

그때나 지금이나 월급 도둑이 되는 것은 너무나도 싫었기에, 내 밥그릇 값을 할 수 있기 위해 열심히 노력했다(당시 상병 월급은 1만 원 정도 했는데, 이쯤 되면 숨만 쉬어도 월급 루팡은 아니었을 텐데 말이다). 그렇게 한 두 달이 지났을까. 다른 행정병과 같이 타자 실력이 1분에 800타 정도 칠 수 있을 만큼 늘었다. 당시 군대의 행정병들은 프로게이머처럼 마우스도 사용하지 않고 단축키로 모든 일을 했는데, 심지어 운동장에 도열하는 수백 명의 위치까지 한글 프로그램으로 만들었다. 이 정도 수준이 되니 슬슬 궁금해지는 부분이 존재하기 시작했다. 과연 나의 이 기술이 사회에서는 어느 정도 가치가 되는 기술인가에 대한 궁금증 말이다. 이 시점에 9박 10일 정도 상병 휴가를 가게 되었는데, 휴가를 가서 가장 처음 방문한 곳은 홍대 앞의 어느 타이핑하는 회사였다.

책을 한 권 타이핑하는 것이 일이었는데, 중간 중간 한문도 섞여 있어 생각보다 단가가 높은 편이었다. 나는 한문을 잘 모르지만, 아버지께서 한자를 잘 아셨기 때문에 나는 자신 있게 일을 받아왔다. 그리고 휴가 기간 내내 그 한 권의 책을 타이핑했다. 결국 9박 10일 안에 한 권의 책을 타이핑하는 데에 성공했고, 휴가 복귀 전에 해당 결과물을 회사에 제출했다. 자대에 복귀한 후 해당 작업에 대한 급여를 받았는데, 내가 그래도 이 사회에서 쓸 만한 기술 하나는 생겼다는 뿌듯함이 든 시점이었다. 군대를 제대하고, 나는 다시 고민에 빠졌다. 타이핑으로 먹고살 수 없기 때문이었다. 일단 목구멍이 포도청이니 영어 수학

보습학원에서 아이들을 가르치며 밥벌이를 하고 있었는데, 복학을 하려고 보니 내 앞날이 너무 막막해 보였다.

20대 초반만 하더라도 나는 무엇이라도 될 수 있다는 생각을 했었다. 하지만 막상 3학년이 되니 고작 2년 후에 사회에 진출해야 하는데, 과연 어느 회사가 나 같은 사람에게 연봉 수천만 원을 주면서 데리고 갈까 싶었다. 유학을 갈까 생각도 해봤다. 하지만 공무원 월급 뻔한 우리 집에서 유학비용을 감당해낼 수는 없는 일이었다. 기술고시를 준비해볼까 하는 생각을 해봤다. 하지만 최근 5년간 내가 다니던 학교, 과에서 기술고시에 합격한 사람은 단 한 명에 불과했다. 자칫하면 고시낭인이 될 수도 있겠다는 생각이 들었다. 대기업이나 공기업에 가볼까 생각도 해보았다. 하지만 어느 기업에서 나를 신입사원으로 뽑아줄 것인가에 대한 의문도 들었다.

그러던 찰나에 복학원을 제출하기 위해 학교를 찾았고, 벽보에 붙어 있는 학생심리상담 공지를 보게 되었다. 학교에서 나와 같이 방황하는 학생들을 위해 심리상담을 해준다는 것이었다. 나는 공지를 보자마자 해당 사무실에 찾아갔다. 이런저런 고민이 있는데, 혹시 상담을 해줄 수 있느냐고 물어봤다. 당시 우리 학교에서 학생심리상담은 이제 막 시작한 시점이었는데, 상담사 님이 정말 반갑게 나를 맞이해주었다. 그렇게 일정을 잡고 반나절가량을 상담받았다. 서너 시간을 정말 일방적으로 주저리주저리 이야기했던 기억이 난다. 앞서 서술했던 군대 있을 당시부터의 기억을 모두 다 토해냈다. 그리고 마지막 나의 코멘트는 자신이 없다는 것이었다. 과연 이 거인들의 사회 속에서 나와 같은 소인이 비집고 들어갈 틈이 있겠냐는 것이었다.

한데 상담사 님은 뜻밖의 말을 해주었다. 서너 시간 나의 이야기를 들었는데, 본인이 기업체 임원이라면 당신을 뽑지 않을 이유가 없다는 말씀이었다. 머리가 땡 하고 울리는 말이었다. 아니 왜? 정말 캄캄하고 앞이 안 보인다는 말만 했는데, 어째서 그런 말씀을 하시냐고 물어봤다. 상담사 님은 학생과 같이 조리 있게 말을 하고, 상대방이 경청하게 만드는 능력은 쉽게 가지기 어려운 것이라고 말했다. 비록 아직은 성적이 낮고 어두운 미래가 보일 수 있겠지만, 복학 후 성적을 복구하고 영어와 같은 스펙을 갖춰나간다면 면접에서 충분히 승산이 있을 것이라는 말을 해주었다.

정말 어찌 보면 아무것도 아닌 그 인터뷰 이후로 이상하게 근거 없는 자신감이 생기기 시작했다. 지금 생각해보면 아마도 그 상담사 분은 대학에서 고용했기에 학생들을 격려하기 위해 일반적인 이야기를 해주었을 것이다. 하지만 당시 내게는 제3자로부터 능력을 인정받았다는 사실이 자존감의 상승으로 귀결되었다. 물론 그 이후로도 인생의 시련은 많았다. 상담사 말대로 복학 후 그간 형편없었던 학점을 복구하고 A+가 만발한 성적표만 받을 줄 알았는데 현실은 차가웠고, 내 수준에 맞지 않는 대학이라 생각하고 그만둘 생각도 심각하게 고민하기도 했다. 하지만 결국 차근차근 다시 성적을 올렸고, 부족한 부분은 영어시험과 공모전이라는 대안을 통해 극복해나갔다.

그렇게 2년가량 인고의 시간을 보낸 후, 기업체 면접에 갔다. 정말 긴장된 순간이었지만, 다시금 그 상담사 님의 말이 떠올랐다. '그래, 나는 말을 조리 있게 하고, 상대방이 경청하게 만드는 화법을 가지고 있지.' 그런 자신감을 가지고 임원진 면접까지 갔다. 우습게도 나는 처음 본 면접에서 정말 주저리주저리 말을 많이 했는데, 덕분에 보기 좋게 최종면접에서 떨어지고 말았다. 이후 어학연수를 다녀오고 다시 면접 준비를 했는데, 면접 스터디를 하면서 나와 같이 주저리주저리 나열하는 화법은 면접에 그다지 좋지 않다는 것을 알게 되었다. 그렇게 주거니 받거니 하는 면접 스킬을 익힌 후, 비로소 여러 곳에 합격하는 기쁨을 누렸다. 면접의 기본은 자신감이지만, 면접관과의 리듬감 있는 의사소통이 가능해야 그 자신감도 빛을 발할 수 있는 것이다.

지금 생각해보면 복학생 시점에 내가 가지고 있던 마음은 실소가 나올 만큼 지나친 걱정이었다. 하지만 그 시점에서는 정말 수능 점수 말고는 세상에 제대로 평가받은 것이 하나도 없었기 때문에 자존감이 높을 수 없었다. 많은 대학생, 사회 초년생이 그러한 감정을 느낄 수 있다고 본다. 하지만 차근차근 하나둘씩 실력을 키워가다 보면 생기는 것이 자존감의 향상이다. 그 과정에서 앞서 언급한 상담사 님과 같이 나의 능력을 믿어주는 누군가를 만난다면 더 없이 좋고. 물론 마흔이 넘은 지금도 가끔 나의 능력을 100퍼센트 믿지 못할 때가 존재한다. 내가 과연 이런 일을 할 수 있는 사람인가. 내가 정말 이런 큰 업무를 하는 데 적합한 능력을 가지고 있는 사람인가. 하지만 원점에서 생각해보면, 처음부터 그런 능력을 타고나서 그런 일을 경험한 사람이 없다는 것은 당연한 일이다. 누구에게나 처음이라는 시점이 존재하고, 자신감이 결여된 순간이 있다. 나의 커리어를 하나둘씩 쌓아간다는 생각으로, 한 계단 두 계단 노력하고 성취하며 나를 믿어가는 과정을 즐기는 것, 이 부분이 진정으로 중요한 것이라 생각한다.

누군가는 인생을 운칠기삼運七技三이라고 말한다. 하지만 그 70퍼센트의 운이 나에게 갑자기 다가오더라도 미리 준비해놓은 30퍼센트의 노력이 없다면, 그 운은 나를 비껴 나갈 수밖에 없다. 운이 좋게 어떤 높은 자리에 오른다 하더라도, 앞서 언급한 빌드업 과정을 통한 견고한 자존감이 없다면 돼지 목에 진주목걸이가 될 수밖에 없다. 그런 과정에서 나를 믿어가는 과정 한 걸음 두 걸음을 즐길 수 있기를 기대해본다.

여기 신중동역 제가 만들었어요

ㄴ 보람과 괴로움은 백지장 차이

서울지하철 7호선은 평소 내가 타지 않는 노선이다. 주로 4호선을 이용하는 나는 가끔 강남을 갈 때 논현역 정도를 갈 뿐이지, 온수를 지나 인천 방향의 7호선은 거의 탈 일이 없다. 하지만 우연한 기회에 부평 쪽에 약속이 잡혔고, 나는 무심코 7호선 온수 방향 열차에 몸을 실었다. 생각없이 차창을 바라보다 무언가 익숙한 플랫폼이 보였는데, 신중동역이었다. 10여 년 전 매일 아침 하이바를 쓰고 내려가 아침체조를 하던 그 플랫폼이었다.

당시 우리 회사가 담당하던 터널은 현재 7호선 부천시청역부터 춘의역까지였는데, 하이바를 둘러쓰고 아무도 없는 직경 7미터의 터널을 매일 아침 혼자 다니며 사진을 찍던 기억도 났다. 당시 정말 사건 사고도 많았고 어려운 일의 연속이었는데, 이렇게 매끈하게 마무리되어 매일 2~3만 명의 인원이 승하차한다고 하니 문득 감회가 새로웠다. 그때가 퇴근길이라 만원 지하철이었는데, 신중동역을 지날 때 열차 안 가득 찬 사람들에게 "여기 이 지하철 플랫폼, 그리고 터널, 제가 만들었어요!"라고 외치고 싶은 충동이 들 정도였다.

이렇게 만드는 과정에서는 힘이 들고 간혹 그만두고 싶은 생각도 마구 솟구치지만, 다 만들어진 인프라를 수많은 사람이 안전하게 이용하는 모습을 보면 없던 직업의 보람도 생겨나게 된다. 사실 처음 직장생활을 했을 때만 해도, 이게 지금 내가 '심시티'를 하고 있는 것인지 어떤 일을 하고 있는 것인지 감이 잘 잡히지 않았다. 현장에서 도면대로 철근을 매고 콘크리트를 타설해도, 이 작업이 실제로 어떤 사회적 효용을 선사하는 것인지 체감하기는 어려웠다. 하지만 5년이 지나고, 10년이 지나면서 내가 참여했던 프로젝트들이 현실화되자 조금씩 깨달아갈 수 있었다. '아, 내가 하고 있는 이 일이 참 보람된 일이구나' 하고 말이다.

물론 이런 보람을 저해하는 경우도 종종 발생한다. 아무래도 위험한 건설 현장이다 보니 일을 하다 보면 산업재해와 조우하게 되는데, 동료의 사망 사고와 같은 일이 발생하면 그 잔상이 오래 자리 잡게 된다. 저런 사고가 언제 어떻게 나에게도 발생할 수 있을지 모른다는 상념이 계속 떠올라 마음을 힘들게 만든다. 아직 경험해보지는 못했지만 (영원히 경험해보고 싶지 않지만) 만약 내가 참여한 프로젝트의 구조물이 붕괴되거나 사용 연한 내 사용 불가 상태가 된다면 괴로움의 강도는 극에 달하지 않을까 싶다.

건설은 정량적인 수치로 설계되고 시공되는 영역이지만, 풍하중이나 지진하중과 같이 예측하기 어려운 확률론적인 외부 변수가 100퍼센트 발생하지 않는다고 보기도 어렵다. 그렇기 때문에 늘 조심스럽게 하나하나 다시 검토하고 두드리면서 일을 할 수밖에 없다. 그렇게 직업의 보람과 괴로움은 늘 백지장 한 장 사이에서 오고 가며 지킬박사와 하이드 노릇을 하고 있는 것이다.

정년을 생각한다면 아마도 여러 개의 구조물을

더 만들 기회가 계속해서 주어질 것이다. 그때마다 괴로움은 찾아올 것이고, 성공리에 마친 후에는 보람도 생길 것이다. 양립하기 어려울 것 같은 이 두 가지 감정 중에 보람이 승리할 수 있도록, 오늘도 나는 직업윤리를 마음속에 새기며 일에 정진해본다.

엔지니어가 구덩이에 빠진 날

ㄴ 죽음은 언제나 현장을 맴돈다

때론 건설 엔지니어를 포기하고 싶은 순간들도 있었다. 그중 최고는 단연 죽음과 마주쳤을 때라 말할 수 있다. 2020년 기준 산업재해 사고사망자는 882명인데, 이 중 건설업은 절반이 넘는 458명이다. 단순히 아파트만 짓는다 하더라도 건설공사 도중 발을 잘못 디뎌 떨어질 리스크도 존재하며, 위에서 떨어지는 벽돌에 맞을 위험도 존재하고, 중장비에 끼일 위험도 늘 상존한다.

중동에서 근무할 때, 어느 날 출근을 해보니 공기가 상당히 둔탁해졌음을 느낀 날이 있었다. 아니나 다를까 전날 야간 공사 때, 어느 직원이 감전사당했다는 소식이 들려왔다. 조 단위 공사라 하루 근무 인원이 수천 명에 달했는데, 이렇게 많은 인원이 2~3년에 걸쳐 제한된 공간에 있다 보면 사건 사고가 발생하지 않을 수가 없다. 그럼에도 이렇게 한 사람의 사고사가 발생하면 적어도 한두 달간은 프로젝트에 참여하는 사람 모두의 기분이 가라앉는다. 모두들 나도 언제 그렇게 될 수 있다는 생각을 하기 때문이다.

건설공사 현장을 돌아다녀 보면 위험천만한 일들이 늘 존재한다. 한번은 두께 10센티미터, 길이 수십 미터의 강판Steel plate을 싣고 가는 트레일러가 있었는데, 현장을 순찰하는 내 옆에서 고정 나사가 풀려 한꺼번에 쓸려 내려간 적도 있었다. 바로 내 2~3미터 앞에 수십 장의 강판이 우수수 떨어졌는데, 내가 조금만 앞서 나갔더라면 그 강판 밑에 깔렸을 것이다.

그런가 하면 장마철에 홍수가 나서 발전소 현장이 모두 물에 잠긴 적이 있었다. 당시는 아직 구조물이 올라가지 않고, 각 구조물별 기초Foundation공사를 하던 시점이었는데, 홍수가 나니 1~2미터씩 파 놓은 구덩이가 눈에 보이지 않았다. 무심코 비가 온 현장을 순찰한답시고 나섰다가 그 구덩이에 빠져 생사의 기로에 선 적도 있었다. 다행히 그 옆에 있던 포크레인 기사가 재빨리 버킷bucket을 뻗어 나를 건져주었으니 망정이지, 그 기사 분이 없었더라면 지금 내가 이런 책을 쓸 수도 없었을 것이다.

그때를 되돌아보면, 나의 첫째아이가 이제 막 세 살이 되던 시절이었는데, 2미터가 넘는 흙탕물 구덩이에 빠지면서 주마등같이 스쳐간 장면들이 기억난다. 나의 아내, 나의 아이, 이들은 이제 나 없는 세상에서 어떻게 살아갈 수 있을까. 나는 떠나도 괜찮지만, 남겨진 가족들은 어떡하지 하는 생각이 1초도 안 되는 사이에 스쳐 지나갔다. 어린 시절 부모님과 뛰어 놀던 장소, 아이가 아장아장 걷던 장면들이 정말 영사기에서 뿜어져 나오는 단편영화 시퀀스와 같이 머릿속에 펼쳐졌다.

안타까운 이야기지만, 실제로 해당 프로젝트를 수행하면서 운명을 달리한 동료가 두 명이나 존재했다. 한 분은 사막의 도로를 달리다 교통사고로 세상을 떠났고, 다른 한 분은 발전소 배관 압력 테스트를 하다가 고압에 튀어나온 볼트 때문에 세상을 떠났다. 보통 배관의 압력은 대기 압력의 수십 배인데, 이 경우 볼트 하나가 튀어나온다면 총알과 같은 충격량을 인체에 가할 수 있다.

교통사고로 운명을 달리하신 선배의 가족 분들이 우리 현장에 온 날을 기억한다. 지구 반대편에서 남편이 평소 일했던 장소, 잠을 자던 방, 식사를 하던 곳의 흔적을 찾아 눈물을 흘리던 가족의 모습을 보며, 우리는 대체 무엇을 위해 이역만리 타지에 나와 이런 일을 하고 있는가 하는 의문을 가지지 않을 수 없었다. 그야말로 목숨 걸고 하는 일인데, 이 일이 정말 내 목숨을 내놓고 할 만큼 그렇게나 중요한 일인가 하는 생각이 며칠 동안 내 머리를 계속 맴돌았다.

다행히 우리나라의 사고성 사망만인율(사고사망자/피고용자수×10,000)은 해가 지남에 따라 급격하게 낮아지고 있다. 고용노동부 통계가 기록된 1998년 사고성 사망만인율은 2.19명이었는데, 2020년에는 0.46명으로 4분의 1 가량 낮아졌다. 이게 영국 수준으로 가자면 0.045명으로 줄어들어야 되는데, 어서 빨리 우리 사회도 안전에 있어서도 선진국이 될 수 있길 바란다.

안전은 분명 비용을 증가시키며, 제품의 가격을 상승시킬 수 있는 요인이다. 하지만 그 안전에 대한 관심과 제도, 그리고 비용을 증가시킬 때, 사회 구성원이 조금 더 안정된 삶을 영위할 수 있고 다양한 직업을 선택할 수 있을 것이다. 경제적으로는 이미 선진국이라고는 하지만, 아직까지 우리나라가 가야 할 안전의 수준은 길이 멀다. 부디 건설 현장도 조금 더 안전해져서 직업을 포기하고 싶은 순간이 희미해지길 기원한다.

담배 한 개비

ㄴ 하루를 버티게 해준 1분

중동에서 일할 때였다. 내가 근무했던 지역은 아라비아반도 중에서도 매우 외진 곳이었는데, 너무 외지다 보니 숙소 인근에 카페나 쇼핑몰과 같은 곳도 존재하지 않았다. 당시 살던 숙소의 창문을 열면 보이는 건 풀 몇 포기가 듬성듬성 나 있는 황무지밖에 없었다. 간간히 소리가 들려 창문을 열어보면 사막여우 정도가 보일 뿐, 사람도 동물도 거의 존재하지 않던 그런 곳이었다. 그러다 보니 업무가 끝나면 그저 숙소에 들어와 할 수 있는 건 책을 보거나 철 지난 한국 드라마를 보는 게 전부였다. 물론 이마저도 무더운 낮에 에너지를 많이 소모해서 그런지 숙소 방문을 열고 들어오자마자 뻗은 적이 한두 번이 아니었다.

공사 현장이 워낙 외지라 치안 때문에 숙소 밖을 섣불리 나설 수도 없었다. 한 번은 주말에 차를 타고 인근 마을에 간 적이 있었는데, 어린아이들 수십 명이 한꺼번에 차를 둘러싸서 당황한 적이 있었다. 차를 둘러싼 아이들이 과자를 달라는 제스처를 했지만 가지고 있던 게 생수밖에 없어서 네슬레 생수병을 몇 개 주었다. 병을 받고 기분이 좋았던 아이들은, 이내 받은 것이 고작 물이라는 사실에 분노하며 빈 생수병을 우리 차를 향해 던지기 시작했다. 이런 일을 겪고 나니, 가급적 숙소 컴파운드Compound 밖으로는 나가지 않게 되었다. 괜히 불미스러운 일을 만들면 안 되기 때문이었다.

그러다 보니 일상이 업무 100퍼센트로 구성될 수밖에 없었는데, 가족과도 떨어져 살다 보니 삶의 낙이 점차 희미해져 갔다. 4개월에 한 번 한국으로 휴가를 갈 수 있었는데, 그 120일에 가까운 시간은 광막한 시간과 같이 길게 느껴졌다. 인도양 앞바다를 바라보며 홀로 서 있으면, 마치 시간과 공간의 방에 들어온 느낌이었다. 그나마 보름에 한 번 수도인 무스카트에 있는 스타벅스에 가서 멍 때리는 시간을 가졌는데, 그때 마셨던 프라푸치노의 깊은 풍미와 단맛을 잊지 못한다. 망중한이란 이런 것임을 느낄 수 있던 유일한 순간이었다.

그렇다고 일이 쉬운 것도 아니었다. 난생처음 보는 도면과 시방 기준은 둘째로 치고, 매일같이 치열하게 공정을 위해 인도인 현장소장이나 이탈리아인 감리인과 각을 세우는 것도 매우 감정 소모적인 일이었다. 매일 45도를 넘나드는 기후 또한 고역이었다. 보통 순찰 때문에 하루 15킬로미터가량을 걸었는데, 45도의 온도에서 아무것도 없는 황무지를 걷는 육체노동은 진이 빠질 수밖에 없는 노동이었다. 퇴근하면 나도 모르게 엎드려 잠이 들고, 다시 새벽에 일어나 출근하던 기억이 난다.

그렇게 서너 달을 지내다 드디어 첫 번째 휴가를 갔다. 보름간의 휴가를 보내고 다시 두바이 공항을 통해 아라비아반도로 넘어오는데, 공항 면세점에서 담배 두 보루를 샀다. 당시 두바이 공항에는 한국 담배들이 많이 있었는데, 아라비아반도에서는 팔지 않기 때문에 동료들이 휴가 때마다 두바이 면세점에서 많이 사오곤 했다. 그렇게 숙소에 와서 담배 두 보루를 동료에게 주려고 할 찰나, 문득 군대 있을 때 피웠던 담배 생각이 났다. 나는 태어나서 담배를 피울 생각도 없었는데, 유일하게 담배를 피웠던 시절이 군대에 있을 때였다. 그때는 담배를 피우지 않으면 10분간 휴식 시간에 딱히 할 일도 없고, 되려 담배를 안 피우면 더 일을 많이 하기 때문에 얼결에 피운 것이었다.

다시 사회에 나와 대학을 다니면서 멀리하기 시작했는데, 십여 년이 지난 중동에서의 근무 때 다시 담배 한 보루가 내 눈에 들어온 것이었다. 담배 한 보루를 동료에게 주고, 남은 한 보루는 그냥 내 옷장에 넣어두었다. 혹시나 하는 마음에 말이다. 하지만 다시 군대 있을 때와 같이 담배를 피우고 싶지는 않았다. 몸에 담배 냄새가 배일 것을 생각하면 너무 싫었다. 그래서 생각해낸 것이 퇴근하고 집에 와서 샤워를 하기 전에 한 대씩 피우는 것이었다. 컴파운드 담장 너머 어두운 광야와 하늘의 카시오페이아 별자리를 바라보며 태우는 한 대의 담배. 막상 그렇게 퇴근 후 담배 한 대를 피우기 시작하니, 이상하게 하루의 낙이 한 줄기 생기기 시작했다.

낮에 아무리 힘들고 어려운 일이 있어도, 퇴근하

고 피울 수 있는 그 담배 한 개비를 생각하면 참을 수 있었다. 더도 덜도 아니었다, 하루 한 개비. 물론 한국에 귀국한 이후로 더 이상 담배를 피우지는 않지만, 그때는 그 하루 한 개비의 담배를 피우는 시간이 너무나 소중했던 하루의 1분이었다. 가끔 그런 생각을 한다. 담배는 어찌되었든 몸에 좋지 않고, 피우면 안 좋은 것이다. 하지만 당시 나와 같이 아무것도 버틸 힘이 없던 시절, 그마저도 없었다면 어땠을까. 사람은 신체만으로 살아갈 수 있는 것이 아니라, 정신적으로도 안정감을 느끼며 살아가야 한다. 그런 관점에서 본다면 굳이 담배 한 개비가 아니라도 살면서 어떤 자신만의 작은 일탈을 하면서 살아가도 되지 않을까 싶다.

그것은 누구에게는 자전거가 될 수도 있고, 누군가에게는 게임, 혹은 주식, 종교, 술과 같은 것이 될 수도 있다. 물론 그 일탈이 지나쳐 중독이 되거나 습관적으로 하게 되어 본업에 지장을 미친다면 문제가 되겠지만, 적당히 자신만의 심리 피난처가 있다는 것은 살아가는 데 큰 도움이 된다고 생각한다. 오히려 자신의 멘탈을 너무 믿고, 버티고 버티기만 계속하다

보면 나중에 떨어져나갈 위기에 처할 수 있다. 물론 도덕적으로 타인에게 모범이 되는 인생을 살아가는 것은 중요하다. 하지만 결국 중요한 것은 내 인생이기에, 조금의 숨통을 트여주는 나만의 일탈은 누구에게나 필요할 것이다.

소주 한 잔

└ 현장에는 동료가 있다

세상에는 정말 다양한 술이 존재한다. 찐쌀을 누룩으로 개량해서 효모, 물과 섞어서 발효를 하면 술이 나온다. 아래층에 형성되는 탁한 술이 막걸리고, 위층에 형성되는 맑은 술이 청주다. 이 청주가 일본으로 가면 사케가 되고, 재료를 쌀에서 보리로 바꾸면 맥주, 포도로 바꾸면 와인이 된다. 이러한 양조주를 증류기에 넣고 분별 증류하면 증류주가 나오게 되는데, 비교적 도수가 높은 이 증류주 역시 재료에 따라 다양한 종류로 분류되게 된다. 쌀로 만든 소주, 보리나 밀, 옥수수로 만든 위스키, 사탕수수로 만든 럼, 포도와 같은 과일로 만든 브랜디 등 세상에는 정말 다양한 술이 존재한다.

이런 다양한 술의 맛과 향을 느끼는 것이 나의 살아가는 즐거움 중 하나이다. 아마도 죽을 때까지 다양한 와인을 마셔도 전 세계의 모든 와인은 마시지 못할 것이다. 와인이라는 좁은 세계로 한정시켜도 그 정도인데 하물며 앞에 언급한 수많은 종류의 술을 모두 마셔보고 싶다는 목표가 생긴다면? 살아가는 동안 이루지 못할 목표이지만, 그 나름대로 노년에도 인생을 풍요롭게 즐길 요소가 될 것이다.

그럼에도 누군가 나에게 가장 맛있는 술을 물어본다면, 나는 여전히 일을 마치고 먹는 삼겹살에 소주 한 잔이라 말할 수 있을 것이다. 여기서 일을 마친다는 말은 어떠한 과제를 끝마친다는 말이고, 삼겹살에 소주 한 잔이라 함은 동료들과 함께 즐기는 자유로운 시간을 말할 것이다. 물론 이를 회식이라 말한다면 어느 누군가는 '극혐'할 수도 있겠지만, 사회생활을 하는 인간은 기본적으로 조직동료의식Organizational Companionship을 느끼면서 회사 생활의 즐거움을 찾아나간다고 생각한다.

여기서 동료의식을 느끼지 못하는 회사라 한다면 즐거움을 찾기 어려울 것이고, 일을 열심히 할 동인이 떨어질 수밖에 없다. 어떤 조직의 리더라 한다면 주니어와 시니어 간 이런 동료의식이 높아질 수 있도록 노력해야 하며, 갈등이 발생할 때 '내'가 아닌 '우리'가 해결책을 찾아나설 수 있는 존재라는 인식을 구성원들에게 심어줘야 한다. 반대로 같은 조직 안에서 개별적으로 경쟁만 할 경우, 회사 안에서 느낄 수 있는 만족감은 최소화될 것이다.

건설업에서는 이러한 경우를 자주 마주치게 된다. 어떠한 구조물을 만들 때 철근을 매는 일도 혼자 할 수 없는 것이고, 콘크리트를 타설하는 일도 혼자 할 수 없는 일이다. 물론 타워크레인의 도움이 필요한 거푸집을 매는 일, 비계와 같은 가설 장치를 설치하는 일 모두 혼자 해서는 죽도 밥도 되지 않는 일들이다. 따라서 현장 관리자로서 이 사람들을 하나의 동질감 있는 집단으로 만드는 일은 매우 중요한 일이며, 이는 생산성은 물론 안전과도 직결될 수 있기 때문에 꼭 필요한 일이라 볼 수 있다.

건설 현장에서는 보통 철근반장이나 목공반장을 중심으로 팀이 꾸려지게 되는데, 이분들의 리더십에 따라 생산성이 매우 달라진다. 때로 빠른 공정 진행을 위해 당근과 채찍이 주어지기도 하는데, 내가 중동에서 근무할 때 제시한 당근이 기억난다. 내가 담당하던 구조물 지역에는 100여 명의 인도 근무자들이 작업을 같이하고 있었고, 열 명가량의 인도인 반장님들이 그들을 통솔하고 있었다. 예상치 못한 비가 와서(중동에서 비가 오는 날은 손에 꼽는다) 공정이 늦어지는 상태였는데, 그때 나는 반장님들을 모아놓고 두 가지 당근을 제시했다.

내가 원하는 날짜에 콘크리트를 타설할 수 있게 철근과 거푸집 공정을 마무리해준다면 근로자들에게는 햄버거 세트를 쏘고 반장님들에게는 인근 호텔 뷔페에서 술을 마음껏 먹게 해주겠다고 말이다. 내가 있던 아라비아반도의 오만이라는 나라는 당시 금주법이 있었지만, 호텔에서는 술을 마실 수 있었다. 그들도 인도양 반대 편에 있는 아라비아반도까지 와서 땀흘리며 일을 하고 있는데, 금주법의 나라에서 마시는 술은 꽤나 매력적인 당근이지 않을까 하는 생각이었다.

문제는 생각보다 이분들이 너무 열심히 일을 했다는 것이었다. 당근이 생각보다 더 매력적이었던 건지, 이틀이 걸릴 철근 결속이 하루 만에 되질 않나, 며칠이 걸릴 거푸집 마감이 예정 공정보다 훨씬 빠르게 진행되었다. 건설 현장에서는 이러한 밀당이 중요한데, 이번에는 내가 지나치게 밀당에 실패한 게 아닌가 싶었다. 하여튼 다행히 폭우로 인해 지연되었던 공정은 다시 정상화되었고, 콘크리트 타설 일정도 최초 공정대로 진행되었다. 약속대로 나는 햄버거 90개를 사왔고, 근로자들은 환호로 화답했다.

그리고 그날 저녁. 호텔에 연락해서 열 명이 조금 넘는 인원의 뷔페를 예약했다. 비록 내 사비로 내는 것이지만, 뷔페에 맥주 한두 잔 정도 마시면 얼마나 나오겠나 싶은 마음이었다. 하지만 정작 저녁식사가 시작되자 그 인도인 반장님들은 음식에는 관심이 없고 위스키를 줄창 시키기 시작했다. 위스키 한 잔이요, 두 잔이요, 세 잔이요. 정말 얼마나 많이 드시던지, 결국 100만 원이 훨씬 넘는 청구서는 덤이었다.

다음 날 숙취 속에 출근을 했는데, 전날 나를 바라봤던 눈빛과는 사뭇 다른 그들의 눈빛을 읽어낼 수 있었다. 약속을 하고, 그 약속을 지키는 매니저의 모습을 보면서, 무언가 '우리'라는 개념에 '신뢰'가 더

해진 걸까? 그 이후로 현장에 나가면 나를 '보스'라고 부르는 그들의 모습에서 나 역시 더 신바람 나서 일을 하게 되었다. 어떠한 문제가 발생하더라도 '우리'는 해결할 수 있고, 각자 자기 자리에서 최선을 다하며 서로에게 보탬이 될 수 있는 일을 하기 시작했다. 결국 그 인도인 반장님들과 함께 마시고 즐기며 나눈 대화들은 훨씬 큰 힘을 발휘했던 것이다.

나에게 가장 맛있는 술이란 무엇이냐고 묻는다면, 어떤 술이든 이렇듯 서로 간의 간격을 좁혀주고 우리라는 인식을 만들어줄 수 있는 술이 가장 맛있는 술이라고 답하고 싶다. 아무리 비싼 싱글 몰트 위스키라 할지라도, 아무리 비싼 5대 샤또 와인이라 할지라도, 이렇듯 같이 성공적으로 일을 완수하고 마시는 술과 맞바꿀 수 있을까? 다시 현장에 나가 콘크리트를 타설하고 인도인 반장님들과 위스키를 마실 일은 없겠지만, 앞으로도 수많은 일을 완수하며 같이 일을 한 동료들과 같이할 소주 한 잔을 생각하면 여전히 행복할 뿐이다.

회사를 다니며 조직생활을 하는 것이 때론 외롭고 힘든 일일 수 있겠지만, 마음 맞는 사람들과 공동체 의식을 느끼며 하나의 목표를 향해 같이 나아간다는 것은, 다른 어떤 곳에서 느끼기 힘든 즐거움이다. 그런 즐거운 조직이 될 수 있게 오늘도 노력해본다.

프로페셔널리즘
ㄴ 강박에 가까운 루틴이 프로를 만든다

앞서 콘크리트 타설하는 풍경을 묘사한 적이 있다. 수십 일 동안 조립한 수백 톤의 철근, 수백 장의 거푸집 바탕 위에, 쉴 새 없이 줄지어 오는 레미콘 행렬을 끊기지 않게 조율하는 일은 치밀한 준비가 요구된다. 그 레미콘에서 나온 콘크리트를 구석구석 잘 뿌려줘야 하는 펌프카, 그리고 그게 잘 퍼져나갈 수 있게 진동기를 들고 일하는 수십 명의 근로자 분들의 동선, 이렇듯 콘크리트를 타설하는 일은 마치 오케스트라와 같이 모두가 하나 되어 조화롭게 이루어져야 하는 일이다.

콘크리트를 타설하는 당일은 아침부터 긴장된다. 미리 받은 검측에는 큰 문제가 없는지, 레미콘은 제대로 올 수 있는 상황인지, 비는 오지 않는지, 바람이 너무 많이 불어 펌프카가 제대로 작동되지 않을 가능성은 없는지, 챙겨야 할 부분이 너무나도 많기 때문이다. 콘크리트 안에 설치되는 전기, 기계 부품 혹은 받침대와 같은 부분들도 있는데, 한 번 콘크리트가 굳으면 돌이킬 수 없기 때문에 그러한 부분들도 잘 챙겨야 한다. 보통 콘크리트를 타설하면 열 시간 넘게 진행하는데, 콘크리트 타설 작업을 완료하고 나면 그야말로 녹초가 된다.

그렇게 잠을 자고 새벽같이 일어나면 부리나케 찾아가는 곳이 다시 콘크리트 타설 현장이다. 콘크리트는 마치 밀가루 반죽으로 빵을 만드는 과정과 유사하다. 물과 시멘트, 그리고 자갈과 모래를 섞어 셰이크와 같은 페이스트를 만들고, 그 페이스트를 거푸집에 넣고 시간이 흐르면 빵과 같이 굳어지기 때문이다. 빵이 오븐에 들어가서 구워지듯, 콘크리트 역시 촉촉한 환경 속에서 양생이 되어 굳어진다. 하지만 모든 빵이 완벽하게 구워지지 않듯이, 콘크리트도 제대로 타설하지 않으면 균열Crack이 발생한다.

콘크리트는 굳어지는 과정에서 수분이 증발하며

부피가 줄어드는데, 이러한 현상이 국부적으로 발생하면 균열이 더욱 크게 발생한다. 균열은 구조물의 내구성에 치명적인 문제를 가져온다. 그래서 콘크리트를 타설한 다음 날에는 누구보다 빠르게 현장에 와서 어제 시공한 촉촉한 콘크리트 표면을 내 눈으로 직접 확인해야 하는 것이다. 미세균열과 같은 문제는 초기 조치를 통해 해결할 수도 있고, 계속해서 촉촉한 상태를 유지시키기 위한 품질관리도 잘 이루어져야 하기 때문이다.

다른 산업도 유사하겠지만, 최고의 품질을 유지하는 일은 상당한 노력을 요구한다. 물론 정해진 시방 기준이나 절차에 따라 수행하면 문제없겠지만, 시공 과정에서는 미세한 실수라도 용납할 수 없는 것이 프로페셔널의 세계이기 때문에 강박에 가까운 루틴은 늘 존재할 수밖에 없다. 언젠가 농구선수 서장훈 선수의 지나친 결벽은 그의 프로페셔널리즘에 대한 강박에서부터 시작되었다는 이야기를 들은 적이 있다.

자유투를 하기 전에 공을 꼭 다섯 번 튀기는 것, 신발 끈을 묶을 때 왼쪽부터 매는 등의 루틴이 실력

자체에 영향을 미치는 건 아니겠지만, 스포츠심리학 관점에서 보자면 그런 루틴은 최상의 운동 수행을 발휘할 수 있는 이상적인 상태에 이르는 과정일 수 있다. 콘크리트를 타설한 다음 날, 누구보다 빠르게 현장에 나와 시공 품질을 확인하는 과정이 정말 품질관리에 도움이 안 될 수도 있다. 하지만 그와 같은 품질에 대한 갈망이 결국 실수 없이 완벽한 구조물을 만들 수 있는 프로페셔널리즘으로 이어지지 않을까? 새벽 공기를 마시는 일은 건설 엔지니어에게 늘 가슴이 뛰는 일이다.

이등병의 까마득함

ㄴ 광막한 공간과 영겁의 시간도 결국 지나간다

군대에 가서, 6주간의 훈련소 기간을 거쳐 자대 배치를 처음 받았을 때가 여전히 또렷하게 기억난다. 이제부터 2년이란 시간 동안 이 공간에 머물러야 되는데, 이등병의 시각에서는 그 2년 후의 시점이 나에게 정말 올 수 있을지 도무지 확신이 서지 않았다. 나는 영원히 이등병으로만 살아갈 것 같은, 현재 관점에서 보자면 정말 웃음이 나올 수밖에 없는 기억이다. 마치 시간 관념이 완전히 없어졌다고 해야 할까, 아마도 탈영하는 사람은 이러한 어려움을 극복하지 못하고 시도했을 것이리라.

분명히 시간이 가면 자연스럽게 해결되는 것이 군대 생활임에도 불구하고, 그 당시에는 전혀 그런

상식적인 생각을 할 수 없었다. 이제 전역하는 말년 병장이 관물대 옆에서 자기의 훈련소 때 사진을 보여줬다. 그는 나에게 자신도 이런 때가 있었다고, 너도 언젠가 전역을 할 수 있을 것이란 말도 웃으며 해주었다. 하지만 그 사진을 보면서도 나는 전혀 믿겨지지가 않았다. 내가 말년 병장이 될 날이 정말 올 것인가. 칼 세이건의 표현대로 광막한 공간과 영겁의 시간이 느껴지는 우주와 같은 시공간 감성이었다. 넷플릭스의 〈DP〉라는 드라마를 이제껏 보지 못하고 있는데, 혹시라도 나의 그 잊혀지고 싶은 순간의 감정이 되살아날까 두렵기 때문이다.

일을 처음 시작했을 때도 이와 유사했다. 대학을 졸업하고 처음 지하철 공사 현장에 갔을 때 회사의 상무님이나 부장님, 차장님, 과장님, 심지어 대리님을 보면서도 내가 곧 저들의 위치에 갈 것이라는 생각이 들지 않았다. 나는 그저 언제까지 이렇게 서투른 신입사원의 모습으로 생활할 것 같았다. 사실 그렇기도 했다. 내가 입사할 당시에는 우리 회사에서 한 해에 신입사원을 200명씩 뽑을 때였다. 이 중 토목직도 50~60명은 되었는데, 이러다 보니 대학별로 한두 명의 토목공학과 학생들은 꾸준히 들어왔다.

하지만 내가 입사한 직후 세계금융위기가 찾아왔고 이후 신입사원의 수는 급감했다. 이후 회사는 신입사원을 거의 선발하지 않았고, 덕분에 나는 어디를 가든 막내 생활을 계속 이어갈 수밖에 없었다. 개인적으로 어떠한 일이든 2년 정도의 시간이 흐르면 손에 익숙해진다고 생각한다. 해당 업무에 아주 정통할 수는 없겠지만, 그래도 그 업무에서 어떤 것이 필요하며 어떤 수준의 능력이 요구되는지 파악할 수 있다는 말이다. 이 수준을 넘어서면 다소 매너리즘에 빠지게 될 확률이 높은데, 나는 그러한 매너리즘을 피하기 위해서 프로젝트를 옮겨가며 다양한 경험을 쌓고자 노력했다.

그렇지만 계속된 막내 생활은 다소 문제였다. 누가 시키는 일을 잘 하는 것과 내가 스스로 일을 만들어나가는 것은 다른 차원의 능력이다. 궁극적으로 우리가 만들어가야 하는 역량은 후자의 것이다. 의사결정을 해나가는 것 역시 수많은 경험을 통해 가능해진다. 경험이 없으면 분석 능력이 뛰어나도 결정장애의 딜레마를 겪게 된다. 막내 생활만 계속하게 되면 이러한 능력을 배양할 기회를 상실하게 된다. 옆에서 보면서 훈수를 두는 일은 쉽다. 책임을 지지 않기 때문이다. 하지만 자신의 이름을 걸고 어떤 정책이나 전략을 세우고 실행해나가는 일은 매우 어려운 일이다.

건설회사를 나오고 나는 이러한 역량을 더 키우려고 노력했다. MBA 과정을 통해 간접적으로 배워보려고도 했고, 조금 더 소규모 회사에서 의사결정능력을 만들어보려고도 했다. 현재는 원하던 바와 같이 이전 회사보다 조금 더 의사결정 기회를 많이 가지고 역량을 키워나가고 있는데, 일을 시작한 지 15년이 지났음에도 불구하고 여전히 배울 것이 많다. 분명 신입사원 시절에 내가 보았던 마흔 넘은 상사는 아마도 나에게 오지 않을 나이, 업무에 있어 거의 완벽에 가까운 사람처럼 느껴졌다. 하지만 결국 그 시기는 왔고, 여전히 나는 신입사원 시절, 혹은 이등병 시절과 별반 다르지 않은 미완성된 상태다.

공학을 전공하긴 했지만 세상 대부분 의사결정의 논리 구조는 경제학이나 경영학의 영역에서 도출된다는 사실을 깨달았다. 예컨대 도로나 지하철, 철도 등 다양한 인프라 구조물을 만들지, 안 만들지 결정하는 과정은 비용편익분석(BC분석)을 통해 결정된다. 이는 현재 시점에서 발생하는 비용Cost과 장래 발생하는 편익Benefit을 현재 가치로 환산하여 경제적 타당성을 분석하는 것이다. 현재 가치Present Value 개념을 알기 위해서는 무위험이자율Risk Free Rate을 이해해야 하는데, 그러다 보면 결국 예금, 국채, 사채 등 다양한 경제 개념을 인지해야 한다.

이런 필요성을 인지하고 나는 뒤늦게 경제대학원에 들어가 부족한 능력을 배양하고자 배우고 있다. 단편적인 일에는 충분히 익숙해질 수 있겠지만, 점점 더 넓어지는 일의 스펙트럼을 제대로 소화하기 위해서는 개인의 역량을 꾸준히 키워나가야 하기 때문이다. 물론 그 끝은 없다고 생각한다. 어떤 대단한 위인이 있어서 그 수준에 완벽히 이른 사람이 있을 것이라 생각하지도 않고, 내가 그런 큰 인물이 될 것이란 생각도 하지 않는다. 다만 내가 부족한 역량에 대해서 꾸준히 보완을 해가며 주어진 업무를 해결해간다면, 그리고 그 과정에서 성취감과 행복감을 느낀다면 그만이다.

일을 하다 보면 항상 예상치 못한 난관에 봉착하기도 하고, 나의 능력 이상의 전문성이 필요하기도 한다. 하지만 그럴 때 활용하라고 존재하는 개념이 집단지성이다. 그리고 시간이 흐름에 따라 필요한 역량은 그 집단지성을 활용할 줄 아는 리더십이다. 주니어 시절에는 자신이 수행하는 일에 익숙해지는 시점을 맞이하고, 이 단계를 지나 시니어로 가면 새로운 과업, 그러니까 의사결정이나 리더십과 같은 일에 익숙해져야 한다. 나의 역량만으로 문제를 해결해 나가는 것이 아니라, 동료들과의 협업을 통해 문제를 해결할 수 있는 방법을 찾는 것이 시니어의 덕목이다. 이게 다시 디렉팅Directing의 영역으로 가려면 또 다른 역량이 필요할 것이다.

결론적으로 고인물처럼 매번 하던 일만 하는 것이 아니라면, 일에 익숙해지는 순간에서 의식적으로 새로운 일을 찾아나서는 과정이 필요하다. 그 과정에서 새로운 지식이나 경험을 습득하는 것을 스스로 즐길 줄 알아야 한다. 간혹 회사를 다니면서 대학원을 다니면 힘들지 않느냐는 질문을 듣는다. 물론 체력적으로 가끔 어려움이 느껴지기는 하지만, 한 학기가 끝나면 늘어나 있는 경제학 지식에 뿌듯함을 느끼기도 한다. 특히나 마흔이 넘어 통계학이나 시계열분석과 같은 학문을 접한 것은 더 없는 수확이기도 하다. 이런 과정의 연속이 결국 내가 수행하는 일의 완벽함에 조금 더 보탬이 되지 않을까 싶다.

일의 세계,
나만의 노하우

이것을 노하우라고 할 수 있을지 모르겠지만, 나는 일을 하며 어떤 새로운 정보를 처음 접할 때는 잘 이해되지 않더라도 가급적 처음부터 끝까지 설명을 듣고만 있으려고 노력한다. 어떤 정보든 처음에 접하면 단어가 익숙하지 않아 제대로 이해하기 쉽지 않다. 그래서 일단 처음에는 그저 듣기만 하고 대강 정보의 크기와 특성 정도만 파악한 후, 자리에 와서 차분히 해당 문서를 세세하게 살펴본다. 그렇게 한나절 정도 스스로 공부하고 다시 설명해준 사람에게 가면, 처음에는 들리지 않았던 것들이 들리기 시작한다.

건설 엔지니어로서 일을 시작하고 나서, 학교에서 배운 적 없는 정보가 홍수같이 쏟아졌다. 사수는 쉴 새 없이 설명을 해주는데, 거의 대부분의 내용을 이해하지 못해서 내 자신에게 한탄만 한 적도 많았다. 사실 학교 다닐 때야 이해를 잘하지 못하더라도 시험을 볼 때까지 그 이해도에 대해 측정하는 사람은 없었다. 그래서 이해를 못 해도 그냥 이해한 척 넘어가면 그만이었다. 게다가 학교에 다닐 때는 친구들도 있어서, 서로 이해를 했는지 못 했는지 대화를 통해서 알아갈 수 있었다. 설령 선생님이 설명해준 바를 내가 이해 못하더라도, 친구가 이해했다면 친구를 통해 배울 수도 있었다.

하지만 일의 세계는 다르다. 하나라도 제대로 이해하지 못하고 문서나 결과보고서를 만든다면 다시 처음부터 일을 시작할 가능성이 생긴다. 나만 삽질을 하면 괜찮지만, 회사에서 개인의 삽질은 곧 조직의, 그러니까 타인의 재작업으로 이어진다. 그렇기 때문에 과업을 제대로 이해하는 것은 모든 일의 시작이다. 같이 일을 하기 가장 어려운 타입의 주니어는 그저 일을 못 하거나 느리게 하는 사람이 아니라, 자신이 스스로 못 할 일을 혼자 끙끙 앓으며 오랫동안 가지고 있는 사람이다. 자기가 할 수 없는 일의 영역이라면, 자기가 이해하지 못하는 일의 영역이라면 어서 빨리 시니어와 대화를 통해 풀어나가야 나중에 두 번 작업을 하거나 타이밍을 놓치지 않는다. 물론 이렇게 끙끙대는 주니어를 간파하는 능력 역시 훌륭한 시니어의 덕목이기도 하다.

새로운 정보의 홍수는 비단 신입사원 시절뿐만 아니라 지금도 여전하다. 중간에 업의 종류를 다소 변경하다 보니 이전에는 전혀 본 적이 없는 보고서들을 많이 접하게 된다. 이럴 때 상기와 같은 방식으로 처음에는 대강의 얼개를 파악하고, 스스로 공부한 다음, 다시 전문가에게 찾아가 상세한 내용을 물어보면 해당 보고서의 내용을 제대로 파악할 수 있게 된다. 사실 수백 장의 영문 보고서를 처음 받으면 당황스러운 것이 사실이다. 하지만 아무리 수백 장, 수천 장의 보고서라 할지라도, 작성자가 원하는 결론부나 논리의 전개 방식을 이해하려고 노력한다면 빠르게 일을 처리할 수 있다. 이런 과정에 익숙해지면 오히려 수백 장의 소설을 읽는 것보다 수백 장의 보고서가 이해하기 훨씬 쉬워진다.

간혹 영문 보고서의 경우, 너무 많은 전문용어에 당혹스러울 때가 있다. 하지만 보고서 서두에 정리된 용어정리 Terminology 만 제대로 이해하면, 오히려 해석이 훨씬 더 쉬워지는 경험을 할 수 있다. 전문 분야 보고서는 대부분의 문장 패턴이 정해져 있어, 단어에만 친숙하면 보고서 저자가 어떤 말을 하고 싶은지 파악하기 쉽다. 아울러 대부분의 논문이 그러하듯, 결론부 이전은 해당 결론을 내기 위한 빌드업 과정이라 정말 중요한 내용은 결론부에 대부분 존재한다. 일을 할 때에도 이 결론부와 연관된 보완 작업이 필요한데, 그런 과정에서 속독할 때에도 어느 정도 완급 조절을 할 필요가 있다. 괜히 배경 설명 문장 하나하나를 생선 토막 내듯 한 단어 한 단어 해석할 필요는 없다는 말이다.

학생이라고 한다면 굳이 찾아서 보지 않고서는 이런 전문 보고서를 접하기 쉽지 않다. 이런 경우 글로벌 회사의 연차보고서를 읽어보는 일도 예행연습 차원에서 괜찮은 대안이다. 우리가 평소에 사용하는 제품을 만드는 회사 정도면 연차보고서는 쉽게 접할 수 있다. 미국증권거래위원회 U.S. Security Exchange Commission

홈페이지에서 찾아볼 수도 있고, 각 기업 IR Investor Relations 홈페이지에서 찾아볼 수 있다. 미국 회사의 연차보고서는 'Form 10-K'이라는 파일을 보면 되는데, 평소 관심 있는 제품을 생산하는 기업의 연차보고서를 보다 보면 자연스럽게 보고서의 논리 구성 방식을 이해할 수 있게 된다.

아이폰이나 맥북에 매료된 학생이라면 적어도 애플의 연차보고서 정도는 읽어보며 객관적인 데이터나 위험 요소의 전개 방식을 습득하는 것이 회사 업무 예행연습의 일환이 될 수 있다. 기업의 밸류에이션 Valuation 에 관심이 있다면 새로 상장하는 회사의 투자설명서를 읽어보는 것도 괜찮다. 모든 상장회사의 투자설명서는 금융감독원 전자공시시스템인 DART(dart.fss.or.kr)에 등재되어 있다.

콘크리트 타설

단언컨대,

철근콘크리트는

가장 완벽한 물질입니다

가끔 외국여행 중 독일의 쾰른성당Kölner Dom이나 튀르키예 이스탄불의 아야소피아Ayasofya와 같이 바깥에서 보기만 해도 가슴이 웅장해지는 건축물을 보며 정말 위대한 인류의 건축 기술에 찬사를 보내는 분들이 있다. 물론 당대 기술적 한계를 감안하면 대단한 구조물인 것은 사실이다. 하지만 건설 엔지니어인 나의 관점에서는 찬사만 보낼 수 없는 게, 이러한 과거 건축물을 지은 기술은 현재 거의 가치가 사라진 기술의 조합에 불과하기 때문이다.

예컨대 높이 157미터에 달하는 쾰른성당은 대부분 석재를 이용해 압축력만을 활용하여 그 큰 중력을 버티고 있는 시스템이다. 압축력만을 활용한 것은 고대 이집트 피라미드 때부터 똑같은 것인데 고딕건축의 시대에 어찌 그렇게 높이 지을 수 있었냐고 반문한다면, 고딕건축의 세 가지 특징인 첨두아치Pointed Arch, 공중외벽Flying buttress, 교차궁륭Cross vault으로 설명할 수 있다. 로마시대 때부터 건축물 축조에 널리 사용되었던 아치 구조는 고딕건축에 이르러 그 끝이 뾰족한 첨두아치 형태로 변모되어 조금 더 높은 기둥을 올려도 무너지지 않게 되었다.

하지만 첨두아치도 일정 높이 이상으로 가면 기술적 한계에 봉착하고 마는데, 이때 필요한 구조적 보완책이 외벽Buttress이다. 다만 100미터가 넘는 높이를 외벽으로 지탱하는 것은 매우 비효율적인 기술로서, 이를 이용해서 건축물을 높이 올려봐야 나올 수 있는 형태는 고대 피라미드 정도와 같이 삼각형의 인공산밖에 되지 않을 것이다. 고민 끝에 고딕건축 기술자들이 고안한 것이 일정 간격으로 외벽을 쌓아 보강한 공중외벽Flying buttress이다. 여기에 기존 아치를 교차하여 구조적으로 더 안정성을 높인 천장이 교차궁륭Cross vault인 것이다.

고딕건축의 이 세 가지 특징은 모두 압축력을 효

율적으로 사용해야 한다는 공통의 목적이 존재한다. 조금만이라도 힘이 횡방향으로(옆으로) 나아간다면 석재라는 부재는 이를 감당할 수 없기 때문이다. 그러다 보니 높이만 높을 뿐, 그 웅장한 공간을 실용적으로 활용하지 못한다. 쾰른성당 모든 층 면적의 합계인 연면적Floor area은 약 8,000제곱미터에 불과하다. 하지만 비슷한 높이(148미터)의 현대건축물인 서울 미래에셋 센터원 빌딩의 연면적은 약 21배인 무려 16만 8,050제곱미터에 이른다. 이렇듯 같은 높이의 건물이지만 석재의 압축력으로 높게만 만든 건물과 철골구조로 매 4미터마다 횡방향으로 공간을 창출해 나간 건물의 활용도는 20배 넘게 차이가 난다. 미래에셋 센터원 빌딩의 건축면적은 고작 5,094제곱미터에 불과하다. 투입된 비용까지 고려한다면 20배가 아닌 200배의 차이가 난다고도 볼 수 있다.

쾰른성당은 수백 년에 걸쳐 일반 시민의 희생을 통해 만들어졌지만, 미래에셋 센터원과 같은 빌딩은 고작 4년의 공사기간 안에 사회적 효용 높은 구조물을 효율적으로 만들어냈다. 게다가 미래에셋 센터원은 완공 후 기부채납을 통해 빌딩 앞 광장과 건물 1층을 개방하고 있는데, 이쯤 되면 현대건축물의 사회적 효용은 과거의 그것과 비교하기 어려운 수준임을 알 수 있다. 때문에 왜 건설 엔지니어로서 역사적인 건축물의 가치를 매우 높이 평가하는 데 동의하기 어려운지 조금은 공감할 수 있을 것이다.

나와 같은 건설 엔지니어들은 그보다 철근과 콘크리트라는 찰떡궁합 재료의 발견에 마음이 벅차오른다. 철근과 콘크리트는 세부 규격에 따라 다르지만, 열팽창계수가 대략 '1.2×10^{-5} m/m℃' 언저리로 거의 유사하다. 덕분에 두 재료 사이에 미끄럼Silp이 발생하지 않아 수십 년이 흘러도 하나의 재료처럼 작동한다. 게다가 부식에 약한 철근을 강알칼리 성분인 콘크리트가 감싸줌에 따라 부식을 막아주고, 물과 공기가 통하지 않은 콘크리트는 철근을 방청防錆시켜 주는 역할을 한다. 이뿐만이 아니다. 철근과 콘크리트는 부착 강도가 높아, 한 번 콘크리트 안에 박힌 철근은 웬만한 힘으로 뽑히지도 않는다. 결국 철근콘크리트라는 새로운 재료가 인류 역사에 탄생한 것이다.

인류가 철과 콘크리트라는 재료를 구조물에 사용하게 됨에 따라 우리는 공간의 확장이라는 대단한 진보를 이루어냈다. 내가 실제로는 아파트에 대한 분량이 거의 없음에도 전작의 제목을《아파트가 어때서》라고 낸 이유도 이 때문이다. 개인적으로 쾰른성당보다 한국의 아파트가 더 인류사에 가치 있는 역할을 한다고 생각하기 때문이다. 쾰른성당과 같은 것이 인류 역사에 더 많았다면 더 수많은 시민이 고통받았을 테지만, 한국의 판상형 아파트와 같은 구조물 덕분에 우리는 조선시대 왕족들보다 훨씬 더 안락한 삶을 누릴 수 있다고 생각한다. 따라서 누군가 나에게 "쾰른성당 정말 너무 위대하지 않아요?"라고 물어본다면 나는 그보다 한국의 아파트가 더 위대하다고 이야기해주고 싶다(물론 아파트의 원형은 스위스의 건축가, 르코르뷔지에에서 나왔지만!).

건물의 기쁨과 슬픔

건설 엔지니어를 슬프게 하는 것은 무엇일까? 건설 엔지니어에게 가장 슬픈 일은 구조물이 붕괴되었다는 소식을 들었을 때다. 글을 쓰고 있는 2022년에도 광주의 한 아파트 건설 현장에서 붕괴 사고가 발생하여 여섯 명이 사망하고 한 명이 부상당했는데, 이런 소식을 들으면 건설 엔지니어의 한 사람으로서 큰 책임감을 느끼게 된다. 비록 내가 참여한 프로젝트는 아니지만, 방심하면 언제든지 나에게도 벌어질 수 있다는 생각에 책임감이 더 크게 느껴진다는 말이다.

역사적으로 보면 1940년 미국 워싱턴주에 건설되었던 타코마 다리Tacoma Narrows Bridge 붕괴 사건이 공학의 역사에서 가장 아픈 기록이라 할 수 있다. 당시로서는 최고의 교량 설계자였던 리언 모이세프Leon Moisseiff가 설계를 맡았는데, 유명한 샌프란시스코의 금문교Golden Gate Bridge도 그가 만든 변위 이론Deflection theory을 바탕으로 설계되었다. 컬럼비아 대학에서 토목공학을 전공한 그는 철교Steel bridge 구조설계의 선구자였고, 이전까지 콘크리트와 석조건축이 주를 이루던 미국 구조공학계의 선구자와 같은 인물이었다.

그는 맨해튼 교량, 조지워싱턴 교량, 벤저민프랭클린 교량 등 다양한 설계 경험을 쌓으며 가벼우면서도 충분한 강도를 가지는 현수교를 설계할 수 있다는 자신감을 얻었다. 하지만 당시의 공학 기술로서는 유체역학적인 현상을 잘 이해하지 못했고, 고유진동수에 대한 개념도 없었기에 결국 지속적인 진동과 뒤틀림에 따라 교량은 피로파괴가 일어날 수밖에 없었다. 과도한 공학에 대한 자신감이 낳은 비극이었다.

리언 모이세프는 이 사건이 일어난 지 3년 후 심장마비로 세상을 떠나게 되는데, 평생 자신이 쌓아온 구조설계에 대한 실망감 혹은 자괴감이 큰 역할을 했을 것이라 생각된다. 이렇듯 공학에서는 설계자나 시공자가 예측하지 못한 회색지대가 존재할 수 있기 때문에 안전계수Safety factor등에 충분한 여유치를 두고 구조물을 만든다. 그리고 실제 구조물이 기준 강도에 미치지 못한다면 완성된 구조물을 부수는 경우까지 발생한다. 인간의 생명과 직결되는 사회 인프라이므로 더욱더 엄격한 기준이 적용되기 때문이다.

15년 전 어느 기업의 신입사원 최종면접을 볼 때 했던 말이 기억난다. 당신은 왜 토목공학을 전공했느냐는 어느 임원의 질문에, 나는 자연스럽게 성수대교 이야기를 했다. 1994년 붕괴되었던 성수대교 붕괴 사고는 개인적으로 큰 충격을 안겨준 사건이었다. 성수대교 붕괴는 제10, 11번 교각 사이 상부 트러스 48미터가량이 떨어져 내린 사건인데, 이 때문에 버스 1대, 승합차 1대, 그리고 승용차 4대가 한강 물속으로 빠졌고, 32명이 사망했다. 현재도 성수대교 북단 서울숲에 가보면 이를 추모하는 '성수대교 사고 희생자 위령비'가 세워져 있다.

성수대교 붕괴는 트러스 교량의 볼트 부분이 잘못 시공되었고, 유지관리가 제대로 되지 않아 발생한 것이다. 수많은 사람이 매일같이 이용하는 사회 인프라를 만드는 일은 이윤을 창출하는 것 이상의 매우 중요한 책임감이 더해져야 하는 일이다. 1994년 성수대교 붕괴사건과 1995년 삼풍백화점 붕괴사건 이후 우리나라 건설사업관리 제도는 매우 강화되었다. 소 잃고 외양간 고치는 격이라고 볼 수도 있지만, 그 이후 한층 강화된 건설 품질관리는 조금 더 안전한 사회를 만드는 데 큰 역할을 했다고 평가받는다.

하지만 30여 년이 지난 2022년, 다시 광주에서 유사한 사고가 발생했다는 사실에 건설 엔지니어의 한 사람으로서 자괴감을 느낀다. 그간 강화된 건설사업관리제도나 품질관리시스템은 다 무엇이었을까. 어떻게 하면 이러한 사고를 다시 발생하지 않게 만들 수 있을까 하는 생각이 머릿속을 가득 채운다. 다시는 이러한 사고가 발생하지 않게 나부터 한 치의 부끄러움이 없는 구조물을 만들어야겠다는 다짐을 다시 해본다.

반대로 건설 엔지니어를 기쁘게 하는 것은 내가 만든 구조물을 이용하며 감사함을 표현하는 분들을 볼 때다. 대부분 무심코 이용하는 구조물이 우리네 인프라인데, 간혹 그것들에 감사함을 표현하는 분들이 있다.

언젠가 아프리카에 봉사활동을 다녀온 분이 아프리카에 한두 달 있어 보니 우리나라의 교량이나 매끈한 도로, 상하수도 시설과 같은 것들이 얼마나 소중한 존재였는지 새삼 깨달을 수 있었다는 말씀을 해주었다. 우리는 무심코 사용하고 있는 아스팔트 도로이지만, 사실 도로 포장률이 현재와 같이 90퍼센트를 넘긴 것도 불과 10년 전인 2012년이었다.

통계상 확인 가능한 가장 낮은 도로 포장률은 2000년 75.8퍼센트인데, 당시만 해도 시군도로의 포장률은 60.4퍼센트였다. 20세기에는 자동차가 다닐 수 있는 신작로 건설 자체가 동네 뉴스였던 때가 있었다. 그 기억이 있는 분들이라면 현재의 매끈한 아스팔트 도로에도 감사함을 느낄 수 있을 것이다.

이와 같이 각국이 살아가는 환경이나 이용하는 인프라는 매우 다르다고 볼 수 있다. 심지어 산동네에서 살아가는 방식마저 완전히 다를 수 있다. 예컨대 산지가 많은 필리핀이나 인도의 산자락에 산다고 하면 매일같이 걸어서 땀 흘리며 그 높은 경사면을 오르고 내려야 할 것이다. 하지만 홍콩의 산자락에 산다면 미드레벨 에스컬레이터Mid Level Escalator와 같이 자동으로 경사면을 오를 수 있는 인프라가 갖춰져 있어 살기 편할 것이다. 얼마 전 대학생 시절에 하숙하던 신촌에 간 적이 있었는데, 홍콩과 같이 미드레벨 에스컬레이터가 새로 생긴 것을 보고 놀랐다.

우리는 당연히 누리는 것에 감사함을 느끼기 쉽지 않다. 맑은 공기, 깨끗한 물, 원활히 공급되는 전기와 같은 것들이 그러하다. 하지만 이것들이 단 1분 1초라도 제대로 공급되지 않는다면 우리는 큰 분노감을 표출하기도 한다. 이렇게 당연히 누리는 것을 얻기 위해서 필요한 기술이 건설 엔지니어링이다.

미세먼지를 줄이면서 원활히 전기를 공급하려면 우리는 화석연료 발전기 가동을 줄여나가면서 재생에너지 생산 시설을 늘려야 한다. 간헐성이라는 단점을 극복하기 위해, 재생에너지와 더불어 수소연료전지, 에너지저장시스템ESS 등의 시설을 건설해야 하며, 더 촘촘하고 튼튼한 전력 그리드망을 건설해야 한다. 깨끗한 물을 만들기 위해서는 고도의 정수장 건설이 필요하며, 악취를 없애기 위해서는 지하 하수처리장의 신설도 필요하다.

하지만 이러한 구조물들을 건설하는 일은 끊임없는 주민 반대와 마주하는 일이다. 누구나 자기가 살고 있는 동네에 송전선로가 들어오는 것은 반대하며, 누구나 포크레인과 덤프트럭, 그리고 레미콘이 자주 다니며 구조물이 건설되는 것을 싫어한다. 사실 우리가 아주 나쁜 일을 하는 것도 아닌데, 이러한 저항과 마주하게 되면 가끔 자괴감이 느껴진다.

이러한 인프라 시설은 대부분 국가기반시설로서 네이버지도나 카카오맵에서도 표시가 되지 않는 경우가 많이 있다. 전시 상황에서 적군의 주요 공격 시설로 분류되기 때문이다. 그러다 보니 학교 교육과정에서도 그 중요성이 간과되며, 많은 사람이 존재 자체를 잘 모르는 경우가 허다하다.

우리가 다니는 보도나 도로 밑에는 대부분 공동구라 하는 콘크리트 박스가 존재하며, 그 공동구 안에는 전력, 통신, 수도, 가스, 난방 등의 시설이 존재한다. 심지어 각 지자체 시설관리공단은 24시간 순찰 및 점검을 하며 매일같이 해당 구조물의 안전을 점검한다. 이렇듯 당연히 안전하게 존재해야 하는 시설물은 매일같이 누군가의 유지관리를 받고 수십 년간 잘 가동되는데, 어느 한순간 홍수나 한파로 인해 고장나면 엄청난 죄를 지은 것 같이 비난을 받는다.

개인적으로 바라는 점이 하나 있다면, 학교에서 우리 주변에 있고, 있어야 하는 사회 인프라 시설물에 대해 조금 더 자세히 가르치면 어떨까 하는 것이다. 어느 지역이든 상수도 시설인 정수장과 배수지, 상수도관 등이 거미줄과 같이 연결되어 있으며, 하수처리시설과 하수관 및 우수관 역시 거미줄과 같이 연결되어 있다.

지역의 역사를 별도의 교과서를 통해 배우듯이 지역의 인프라 역시 별도의 교과서를 통해 배운다면 같이 사는 공동체에 대한 인식을 조금 더 높일 수 있지 않을까. 특강의 형식으로 지역의 하수처리 및 정수장 관리 공무원, 전력구 관리 담당 한전 직원, 소각시설 담당 공단 직원과 같은 분들이 1년에 한 번씩 설명해주는 것도 괜찮은 방법이겠다.

1990년대 이후 형성된 도시의 지하는 대부분 앞서 언급한 공동구에 각종 인프라망이 존재하며, 이들의 존재 덕분에 우리는 매일 편하게 샤워하고, 인터넷을 이용하며, 따뜻하고 시원한 주택 안에서 거주할 수 있는 것이다. 이러한 인프라 메커니즘을 보편적으로 가르쳐 일깨워주는 것은 사회적으로 꼭 필요한 과정이라 생각한다. 더 많은 사람이 내가 하는 일의 가치를 알아줄 때, 그때 직업인들은 더 기쁨을 느낄 것이다.

우리는 왜 거대한 존재를 만드는가?

거대한 존재를 만드는 일은 늘 가슴이 두근거리는 일이다. 내가 중동에서 만든 발전소는 2,000메가와트급 규모였는데, 이는 약 100만 가구에 전력을 공급할 수 있는 발전량이었다. 발전소를 건설하는 과정은 매우 힘들고 어려운 일의 연속이었지만, 내가 만든 발전소로 수백만 명의 사람이 안락하게 살아가고 있다고 생각하면 조금 뿌듯해진다.

10여 년 전에 새벽같이 출근하고 밤늦게 퇴근하면서 만든 구조물은 서울지하철 7호선 연장 부천시청 구간이었다. 지하 승강장에서 아침체조를 하고, 직경 7.5미터의 터널을 무던히도 걸으며 지하철이 안전하게 갈 수 있는 선로 구조물을 만들었다. 거대한 구조물도 구조물이지만, 이 수백 명, 수천 명의 사람들의 발이 되어주고 있는 지하철이란 구조물을 만들었다는 데에 매우 보람을 느낀다. 대중교통은 이 사회가 제공할 수 있는 최고의 복지 중의 하나이다. 남녀노소 누구나 이용할 수 있는 이 사회의 발이기 때문이다.

거대한 존재를 마주하게 되면 누구나 경외감을 느낄 것이다. 해외에 나갈 때 마주치는 인천대교 사장교의 주탑 높이는 238.5미터로 63빌딩 높이(249미터)와 맞먹는데, 이런 구조물을 만들 때 그 위에 올라가서 콘크리트를 타설한다고 생각을 해보라. 말 그대로 오금이 저리는 일이다.

전라남도 신안군에 가면 천사대교라 하는 아름다운 사장교와 현수교로 이루어진 교량이 있다. 이 사장교 주탑 콘크리트를 타설할 때 위에 올라갔던 일이 기억난다. 내가 콘크리트 타설을 직접하는 것도 아닌데, 바람에 날려 수백 미터 밑의 바다로 떨어지지는 않을까 떨며 걸어가던 기억 말이다.

바다 위에 이렇게 높은 주탑을 만드는 이유는, 교량이라는 구조물을 설치한 후에도 큰 선박이 오고 갈 수 있게 만들기 위해서다. 만약 사장교나 현수교와 같이 하부공간을 극대화하는 구조물이 아닌, 단순한 교량 교각으로 따닥따닥 만든다면 화물선이나 컨테이너선과 같은 해상운송은 불가능해진다.

교량 덕분에 신안과 같은 도서 지역 사람은 손쉽게 육지를 오갈 수 있게 되었으며, 물류의 이동이 쉬워져 운송비는 물론 물가도 낮아지게 된다. 이러한 섬 주민들의 편리성과 기존 해양운송의 니즈를 동시에 만족하는 것이 그 높은 사장교나 현수교와 같은 거대한 구조물인 것이다.

만약 인천대교에 238.5미터의 사장교 주탑이 없었다면 인천항을 오고 가는 대형 컨테이너 선박은 운행될 수 없었을 것이다. 만약 여수 이순신대교에 270미터 현수교 주탑이 없었다면 여수를 오고 가는 유조선은 중동의 석유를 한반도에 공급할 수 없었을 것이다.

그런가 하면 해상풍력 발전기는 최근 그 높이가 280미터에 이르게 되는데, 이러한 발전기 하나에서 나오는 전력이 15메가와트 정도 된다. 이런 발전기 하나는 1.4만 가구의 전력을 공급할 수 있는데, 이쯤 되면 왜 이렇게 거대한 존재를 계속해서 만들어나가는지 감을 잡을 수 있을 것이다.

이처럼 거대한 구조물은 알게 모르게 우리 사회에 많은 효용을 가져다주는 존재다. 만드는 과정에서는 그 거대함에 경외감을 느끼게 되지만, 만들어지고 난 후에는 그 거대한 구조물이 이 사회에 미치는 효용에 감사함을 느끼게 된다.

건설 엔지니어라고 해서 꼭 과거의 방식만 답습할 필요는 없다. 앞으로 우리에게 놓여진 기술의 진보는 무엇인지, 거기에 엔지니어로서 내가 벽돌 한 장이라도 놓을 수 있는 방법이 무엇인지, 우리는 끝없이 고민해봐야 할 것이다. 건설이 끝나고 난 뒤 혼자서 현장에 남아 구조물을 보면, 표현할 수 없는 만족감을 느끼게 된다. 그래도 내가 조금은 이 사회에 보탬이 되지 않았나 하는 생각이 든다. 여기서 나아가 탈탄소라는 앞으로 인류에게 주어진 과제를 해결해 나갈 수 있다면 그 만족감은 얼마나 더 커질 수 있을까. 생각만 해도 두근거리는 일이다.

보이지 않는 존재를 만드는 일

건설 인프라는 우리 눈에 보이지 않는 경우가 대부분이다. 예를 들어 하수처리장이나 정수장, 하수관거나 상수도는 우리 눈에 보이지 않는다. 이와 같은 구조물을 만드는 일은 수년, 혹은 수십 년이 걸리는 일이며, 필요한 예산 역시 수백억 원부터 수조 원까지 이른다. 예산을 편성하는 입장에서 보자면 특별히 보이지도 않는 존재이고, 굳이 만들어도 바로 효용이 발생하지 않는 이러한 구조물이, 밑 빠진 독에 물을 붓는 일처럼 느껴질 수도 있다.

나는 제주도에 가면 혼자 하루 종일 걷는 것을 좋아한다. 대략 하루에 40킬로미터가량을 걷는데, 이렇게 오랫동안 길을 홀로 걷다 보면 평소 보지 못한 것들과 마주치게 된다. 그렇게 평소 인지하지 못하다가 걸으며 눈에 띄는 구조물이 있었으니, '저류지'가 그것이다. 제주도에는 2021년 기준 299개의 저류지가 존재하는데, 이는 여름철 비가 많이 내릴 때 하천의 범람을 막기 위해 만들어졌다.

한데 이것도 평소 구조물 만드는 것을 업으로 삼고 있는 나나 되니 들여다보고 저류지라고 인식하는 것이지, 문외한의 관점에서 보자면 이런 쓸데없는 인공 구덩이를 왜 세금을 들여 만드는지 의문이 들 수밖에 없을 것이다. 제주도에 가본 분들은 아시겠지만 저류지는커녕 하천에도 물이 흐르는 경우는 거의 없다. 나는 초등학교를 제주도에서 다녔는데, 평소 사회과부도를 보면서 파란색 한 줄로 표현된 강을 보며 제주도의 하천 수준으로 생각했던 기억이 난다. 이후 육지에 처음 나가 본 한강과 낙동강은 바다처럼 느껴졌다.

이와 유사한 모습을 중동에 가면 볼 수 있는데, 와디Wadi라고 하는 마른 하천이 그것이다. 평소 비가 오지 않는 사막이나 광야와 같은 곳이라 할지라도 비가 한번 오기 시작하면 해발 2,000~3,000미터 산에서 내려온 물이 불어나며, 이 때문에 물길이 자연스럽게 조성되기 시작한다. 하지만 해당 물길은 비가 그치고 나면 다시 마른 상태가 된다. 그래서 이곳은 집을 지어도 쓸려 내려가고 농사를 지어도 한순간에 없어질 수 있으니 쓸모가 없는 땅이 되어버린다. 와디는 평소에 강과 같이 하천유역으로 관리하는데, 이 때문에 이를 건곡乾谷이라고도 부른다.

2022년 여름에는 수도권에 폭우가 쏟아졌는데, 8월 8일 서울시 신대방동 일대는 시간당 최고 141.5밀리미터라는 기록적인 수준을 보여줬다. 이는 공식 기록인 1942년 118.5밀리미터 이후 80년 만에 가장 많이 내린 비라고 한다. 중앙재난안전대책본부에 따르면 집중호우로 인해 전국에 14명이 사망하고 6명이 실종되었다고 한다. 이재민은 서울, 경기를 중심으로 1,901명이며, 도로사면 및 하천제방의 피해가 이어졌다.

이러한 기록적인 폭우에 대한 피해를 방지하기 위해서는 평소보다 더 높은 수준의 안전한 구조물을 설계해야 한다. 대표적인 예가 서울 양천구와 강남구에 조성되는 대심도 빗물저류배수시설과 같은 것들이다. 2010년 9월 폭우 이후 취약성이 드러난 서울 양천구에 조성된 이 대심도 빗물저류배수시설은 7년간 공사비 1390억 원을 들여 완공했고 연간 6억 원대의 유지보수비용으로 관리하고 있다. 이 시설은 2020년 5월에 완공되었는데, 불행인지 다행인지 완공 후 2년이 지난 후 구조물의 목적을 확실하게 보여주었다. 서울의 대표적인 침수 구역었던 양천구가 이번 폭우 때는 피해가 거의 발생하지 않았기 때문이다.

해당 폭우기간 동안 빗물터널의 용량은 53퍼센트가량 쓰였다고 하며, 해당 구조물이 없었다면 양천구 역시 피해를 비껴가기 어려웠을 것이라고 한다. 반면 2020년 당시 양천구 외 여섯개 지역에도 대심도 터널이 계획되었는데 비용과 건설 과정의 위험성을 이유로 건설되지 않았다고 한다. 이번 폭우 때 강남 지역을 중심으로 피해가 커진 것에는 이러한 이유가 있다.

지금은 많이 줄어들었지만 과거 건설업에 종사하는 사람들을 일컬어 '토건족'이라는 명칭으로 사회적 효용보다는 자신들의 배를 불리기에만 급급한 부류로 비하하는 경우가 있었다. 물론 자신들의 배를 불리기에만 급급한 부류가 아주 없다고 말할 수는 없다. 그러나 건설업에 종사하는 모든 사람이 그렇다고 생각하면 곤란하다. 앞에 언급한 저류지나 빗물터널과 같은 것들을 만들자고 하면 대부분의 사람들은 예산 낭비로 건설업체 배만 불려주는 것이라 말하기도 한다.

하지만 이 세상에는 '보이지 않는 존재'를 만드는 사람도 있으며, 그 보이지 않는 존재들이 수십 년에 한 번 이 세상을 위험에서 구하기도 하는 것이다. 건설업에 종사하려는 마음을 먹었다면 이런 사회적 가치에 기여하는 것에 보람을 가졌으면 좋겠고, 건설업에 종사하지 않는 분들은 이러한 누군가의 노력을 조금이나마 들여다봐 주고 이해해줬으면 하는 바람이다.

괴짜 혹은 천재,

건축가 비야케 잉겔스

십여 년 전 코펜하겐에 장기 출장을 간 적이 있었다. 코펜하겐은 북유럽의 중심 도시이며 동시에 매우 오래된 도시이다. 그래서 코펜하겐 중앙역에서 도보로 둘러보면 수백 년은 족히 되어 보이는 건물들이 눈에 띈다. 하지만 남쪽 공항 방향으로 지하철을 타고 조금 이동해보면 우리나라의 판교나 분당 같은 신도시가 눈에 들어온다. 이러한 신도시에는 커튼월의 오피스빌딩이나 혁신적인 철골구조 건축물이 많이 보이는데, 여기서 세계적인 건축가의 이름이 등장한다.

비야케 잉겔스Bjarke Ingels라는 덴마크 출신 건축가가 있다. 그는 현존하는 건축설계회사 중 떠오르는 혜성과 같은 회사, BIGBjarke Ingels Group를 이끌고 있는 젊은 건축가이다. 그가 설계한 건축물들을 보면 하나같이 혁신적이고 기발한 아이디어로 보자마자 깜짝 놀라게 된다. 먼저 그의 대표작인 8하우스를 한번 보자.

겉으로 보기에도 특이한 이 8하우스는 덴마크의 수도 코펜하겐 남쪽에 위치한 외레스타드라는 신도시에 위치한 건축물이다. 건물을 8자 모양으로 이상하게 만든 이유는 공동주택이지만 단독주택단지와 같이 골목길을 만들어 공동체를 형성하기 위해서였다. 1층에서 자전거를 타고 10층까지 갈 수 있으며, 북측과 남측에 위치한 중앙정원에서 사람들은 서로 교감을 나눌 수 있다. 건물의 북쪽이 높고 남쪽이 낮은 이유는 북측으로부터 오는 외풍을 막고 남측에서부터 쏟아지는 햇볕을 담기 위함이다.

이처럼 비야케는 특이한 형태의 건축물을 계속 만들려고 시도하는데, 그의 다큐멘터리를 보면 그 이유를 조금이나마 알 수 있다. 그는 대학에 가기 전까지 만화가가 꿈이었고, 건축을 할 생각이 전혀 없었다고 한다. 하지만 엔지니어였던 아버지와 치과의사였던 어머니의 설득으로 덴마크 왕립 미술 아카데미Royal Danish Academy of Fine Arts에 진학하게 되었고, 그

곳에서 건축학을 접한다. 이후 그는 가우디로 유명한 스페인의 바르셀로나 건축학교Escola Tècnica Superior d'Arquitectura에서 건축학을 더 깊이 배우는데, 여기서 그는 건축이라는 학문에 대한 매력을 느꼈다고 한다.

만화가가 되기 위해 끊임없이 그림을 그리며 상상력을 키워왔던 그에게 기존 건축물은 지나치게 평면적으로 보였다. 수백 년간 변화가 없었던 코펜하겐 구도심에서 오히려 사람들이 자랑스러워하는 랜드마크 건축물들은 뾰족하게 돌출된 티볼리 공원(덴마크 코펜하겐에 위치한 놀이공원)의 놀이기구 혹은 교회 첨탑 같은 것이라는 아이러니한 부분을 꼬집는다. 그러면서 VM하우스라는 기묘한 형태의 공동주택을 필두로 특이하면서도 효율성이 넘치는 건물을 짓기 시작했다. 그는 자신이 덴마크에서 외계인 같은 존재였다고 고백하면서, 덴마크 문화에서는 차이와 불일치를 부끄럽게 여긴다고 지적한다. 뭔가 '덴마크'를 '한국'으로 바꾸어도 별반 다르지 않는 문장으로 느껴지는 건 괜한 기시감일까.

그는 덴마크에서 혁신적인 건물들을 몇 개 만들고 난 후 뉴욕으로 회사 위치를 옮긴다. 조금 더 창의적인 아이디어를 쉽게 옮길 수 있고, 더 많은 인재들을 유치할 수 있는 용광로와 같은 도시를 택한 것이다. 그는 건축가로 성공한 이후 어린 시절 꿈이었던 만화책 만드는 일을 완수했다. 그 만화책은 건축에 대한 내용이었는데, 제목부터 건축의 거장 미스 반 데어 로에Mies van der Rohe의 명문장 "Less is more"를 비틀어 표현한《Yes is more》였다. 그는 책에서 "Less is bore"라 말하며 구세대가 만들어놓은 명제를 도전적으로 바꾸어놓았다.

비단 건축가가 아니라 어떤 직업을 얻는다 할지라도 기존 세대의 명제를 그대로 답습하는 것은 정답이 아니라고 생각한다. 간혹 권위에 기대어 어떤 대단한 정답이 있는 것처럼 말하는 사람이 있지만, 후세대는 늘 전 세대보다 더 나은 환경과 교육 기회를 가지며 능력을 키워왔다. 거기다 거인의 어깨 위에서 시작하는 다음 세대는 전 세대보다 더 나은 해결책을 찾을 수 있는 기회도 더 많다. 의사결정 경험이 많이 부족하긴 하지만, 이는 스스로 찾아 나서야 하는 것이지 누군가가 떠먹여 주는 것은 아니다.

이런 차원에서 비야케가 보여준 창의적인 행보는

직업을 선택해야 하는 단계에 있는 사람에게 큰 울림을 준다. 그는 화려한 건물이나 특이하기만 한 건물을 짓는 건축가가 아니다. 제한된 예산 안에서 더 많은 사람이 조금 더 효율적으로 살 수 있는 건축을 꿈꾼다. 나 역시도 가끔은 제한된 사회제도를 탓하며 나의 재능이 발휘되지 못한다고 한탄할 때가 있었다. 하지만 비야케의 전기를 보면서 나의 수동적인 자세 역시 반성할 부분이 있다는 생각을 하게 된다.

그의 다큐멘터리를 보면 그 역시 아무도 자신을 찾아주지 않던 초보 건축가 시절을 떠올린다. 하지만 기회는 왔고, 그는 그 기회를 놓치지 않았다. 살면서 누구나 세 번의 기회는 찾아온다고 한다. 하지만 그 세 번의 기회를 잘 잡을 수 있느냐 없느냐의 차이는 그동안 실력을 제대로 갈고 닦아 왔느냐 아니냐에 따라 생길 것이다. 기회를 잡고 싶은가, 그렇다면 기회가 왔을 때 능력을 펼칠 수 있도록 오늘도 한 단계 업그레이드될 수 있는 나를 만들어야 할 것이다.

참고로 비야케 엥겔스의 다큐멘터리 〈Abstract: The Art of Design〉은 넷플릭스에서 볼 수 있으며, 유튜브에서도 무료로 볼 수 있다. 건축이나 건설에 관심 있는 분이라면 한 번쯤 시청해보길 강력하게 추천하는 바이다.

돌고 돌아 다시 만난 세계

고등학교 시절 내 꿈은 영화감독이었다. 그래서 대학에 입학한 후에도 학과 공부보다는 영화동아리 활동을 더 열심히 했다. 군대 가기 전까지는 정말 영화판에 본격적으로 뛰어들어 작품을 만들어보고 싶은 욕심이 있었다. 그래서 시나리오도 습작하고, 단편영화를 만들어보기도 하고, 유명 영화감독이나 배우를 인터뷰하고, 드라마에 엑스트라 배우로 출연해서 현장과 시스템을 익히기도 했다. 돌이켜 보면 대학 1학년은 하고 싶은 것을 다양하게 해봤던 즐거웠던 추억의 한 꼭지가 아니었나 싶다.

그러던 중 대학 2학년 여름방학이 시작할 즈음, 내 인생을 정말 바꿀 수 있을 만한 기회가 찾아왔다.

이미 영화판에 뛰어들어 조감독을 하던 선배가 있었는데, 그 선배에게 연락이 왔던 것이다. 선배는 당시 내가 가장 좋아하는 영화가 〈미술관 옆 동물원〉이라는 사실을 알고 있었고, 그 영화를 찍은 감독이 새로운 영화를 크랭크인 한다는 사실을 알려주었다. 그리고 원한다면 내가 그곳에 촬영보조를 할 수 있게 도와주겠다고 제안했다.

스물한 살 혈기 왕성한 나이에 나는 당연히 마음속의 꿈을 펼치기 위해 짐을 쌌다. 나의 꿈을 이루기 위해서 말이다. 하지만 당시 이미 첫 번째 입대영장이 나온 상태였고, 아버지는 매우 당연하게도 충청도로 뜬금없이 영화를 찍으러 간다는 아들을 반대하고 나섰다. 당시까지 특별히 내 삶에 간섭하지 않던 아버지이셨기 때문에 꽤나 당혹스러웠던 순간이었다. 아버지는 내가 대학 원서를 어느 곳에 쓰는지, 어느 학과에 쓰는지도 간섭하지 않으셨다. 심지어 대학에 입학하기 전, 나에게 조금 더 나은 대학을 위해 재수를 하길 원한다는 말씀도 하셨지만, 내가 싫다고 하니 나의 결정에 동의하고 지지해주셨던 분이었다. 그런 아버지가 영화를 찍으러 가는 것에 반대하신다니

당황스러울 수밖에 없었다.

선배에게 전화로는 당장 고속버스를 타고 내려간다고 했지만, 나는 만류하는 아버지 때문에 하루 종일 집에서 논쟁만 할 수밖에 없었다. 그렇게 하루가 지나고, 결국 아버지의 논리에 설득되어 그해 여름에는 영화 촬영이 아닌 충북 증평의 39사단으로 입대를 하게 되었다. 훈련소에 들어가 더운 여름 6주간 훈련을 받고 자대배치를 받았다. 그리고 이듬해 봄, 내가 촬영하러 가기로 했던 영화가 완성되어 개봉했다. 영화의 제목은 〈집으로…〉, 배우 유승호가 아역으로 나와서 깊은 인상을 남겼던 그 영화가 맞다.

복학생이 된 후 토목공학의 매력을 느끼게 되어 결국 건설회사까지 들어가게 되었다는 이야기는 앞서 했다. 건설회사에 들어와서는 주로 각국 정부나 에너지기업에서 발주하는 공사를 도급 받아 공사를 수행하는 일을 했다. 하지만 시간이 흐르며 프로젝트 파이낸싱PF이 필요한 사업에도 참여했는데, 이는 자기자본뿐만 아니라 금융권의 부채를 이용하여 프로젝트를 수행하는 것이었다. 쉽게 말해 10억 원짜리 단독주택을 짓는 프로젝트를 수행한다면, 자기자본

3억 원과 금융권 부채 7억 원으로 집을 짓는다는 말이다.

프로젝트 파이낸싱은 자금을 빌리는 기업의 신용도나 담보 대신 사업계획만으로 대출을 일으키는 방식이다. 이 때문에 모회사와 별도로 프로젝트 회사SPC, Special Purpose Company를 설립하고, 프로젝트에서 발생한 현금흐름Cash flow에서 원리금을 갚아나가는 방식으로 진행된다. 현재 부동산 프로젝트 파이낸싱 대출의 경우 비교적 규모가 작은 시행사가 프로젝트 파이낸싱 대출을 받는데, 이런 경우 대기업인 시공사가 지급보증을 하는 형태가 주를 이룬다. 이러한 프로젝트 파이낸싱은 다소 변질된 형태의 금융 조달인데, 1990년대 후반 외환위기의 영향으로 발생한 특이한 형태라고 할 수 있다.

프로젝트 파이낸싱을 하다 보면 재무, 법률, 회계, 세무, 보험 등 다양한 전문가 집단을 만난다. 모회사의 담보나 지급보증이 없다 보니 실사수행Due Diligence을 매우 세밀하게 진행하기 때문이다. 이러한 프로젝트 파이낸싱은 굳이 건설뿐만 아니라 사회 광범위하게 퍼져 적용된다. 그 대표적인 예가 영화 산업이다.

한국 영화 산업 투자구조는 시대에 따라 많이 변화해 왔다. 1990년대 이전까지는 산업화가 되지 않은 토착자본 위주로 영화가 만들어졌으나, 1990년대 CGV 및 메가박스 등 멀티플렉스의 출연으로 인해 대기업 자본이 영화 산업에 진출하기 시작했다.

외환위기 이후인 2000년대부터는 본격적인 재무적 투자자FI, Financial Investor가 투입되기 시작했는데, 덕분에 1990년대 초반까지 한 편의 영화를 만드는 데 충무로의 평균 제작비는 5~6억 원에 불과했으나, 현재는 100억 원이 넘는 규모도 제작되고 있다. 현재 영화 제작에서 중요한 전략적 투자자SI, Strategy Investor는 투자배급사라 할 수 있다. 이는 일반적으로 극장 체인 및 케이블 채널을 소유한 CJ, 롯데, 쇼박스, NEW와 같은 대기업들이다. 이들이 제작사에 영화 제작을 맡기고, 제작사는 프로젝트 회사를 설립하여 특정 영화를 만들게 된다.

여기서 투자배급사는 20~30퍼센트의 자기자본을 통해 메인 투자를 하고, 나머지 70~80퍼센트는 부분 투자를 받는데 이를 유치하는 주체가 투자배급사인 것이다. 부분 투자를 하는 곳은 금융기관 등의 재무적 투자자, 지자체 등의 공적 투자자, 다양한 금융권 펀드가 된다. 우리가 영화를 볼 때 엔딩 크레딧에 올라가는 우리은행, IBK기업은행, 컴퍼니케이, 이수창업투자, 대성창투, 부산-롯데 창조영화펀드, 에스엠씨아이 5호 한국영화펀드와 같은 명칭은 이와 같은 상황에서 등장하는 것이다.

이쯤 되니 프로젝트 파이낸싱이라는 관점에서 보면 건설 산업과 영화 산업은 매우 유사할 수밖에 없는 구조이다. 나중에 고속도로 통행료나 도시철도 요금으로 매출을 만들어나가는 것과 관객 입장료 및 판권 판매를 통해 매출을 만들어나간다는 차이점이 존재하기는 하지만, 불확실한 미래를 두고 사업계획서와 과거 실적Track record을 가지고 투자를 유치해야 한다는 관점에서 보자면 유사하다고 볼 수 있다.

프로젝트 파이낸싱에 사용되는 재무모델은 사실 건설 산업이나 영화 산업이나 유사할 수밖에 없을 것이다. 결국 초기 투자비용Cost과 미래 매출Revenue의 현재가치NPV 비교를 통해 만들어 내는 내부수익률IRR이 얼마나 높으며 지속 가능하느냐의 싸움이기 때문이다. 그런 관점에서 보면 사실 영화 산업에 종사하거나 건설 산업에 종사하거나 큰 차이점은 없어진다. 20년 전 인생의 큰 갈림길에서 완전히 다른 길을 선택했다고 생각했지만, 돌이켜 보면 다시 프로젝트 파이낸싱이라는 같은 지점으로 돌아왔다는 점에서 인생의 아이러니함이 느껴진다. 결국 중요한 것은 어떤 전공이나 산업에서 일을 하느냐보다는, 얼마나 자기 일을 열심히 그리고 성실히 해나가느냐가 중요하지 않을까 하는 생각이 든다.

미장센과
몽타주

대학 시절 '영화학개론'이라는 교양 수업을 들은 적이 있다. 군대 가기 전에 영화동아리에서 주로 하던 일이 영화를 보고 찍는 일이다 보니, 이것은 거저 먹는 수업이라 생각하고 들었는데 C^+라는 성적을 받아 충격을 받은 기억이 난다. 그래도 그때는 정말 수업 자체를 즐겼던 것 같다. 공부를 한다는 생각보다는 영화를 이론적으로 접근하는 방법이 흥미로워서 그저 넋을 놓고 교수님이 강의를 들었다.

군대를 다녀온 후, 정신을 차리고 낮은 성적을 받은 과목들을 재수강하기 시작했다. 그중 하나가 '영화학개론'이었다. 이때는 수업 자체를 즐기지 못했다. 그렇지 않아도 공부할 것이 산더미 같은데, 영화에 시간을 많이 투자할 수는 없었기 때문이다. 하지만 학기가 끝나고 받은 성적은 A$^+$였다. 이번에는 시험 기간에 수학이나 역학과 같이 철저히 시험 문제 위주로 공부했기 때문이었다. 이때 느낀 바가, 역시 공부는 공부이고 취미는 취미라는 것이었다.

영화학개론을 공부하다 보면 다양한 영화 이론 및 용어를 공부하게 된다. 가끔은 이런 생소한 단어를 사용하는 것이 지적 과시를 위한 것이라 여겨질 수 있지만, 특정 학문이 체계화된 곳에서는 이러한 전문용어가 필요할 수 있다. 예컨대 미장센mise en scène과 몽타주montage를 생각해보자. 일반인들도 한 번쯤은 들어봤을 이 용어는, 영화에서 다소 다르게 사용된다. 미장센은 샴푸 이름에서도 나오는 바와 같이 무언가 예쁜 것을 말하는 것 같지만 영화에서 사용되는 미장센은 꼭 예쁜 것을 지칭한다고 하기에는 다소 무리가 있다.

미장센의 사전적 의미는 연극이나 영화 등에서 감독이 배열하는 시각적인 요소들인데, 이는 때로 예쁜 것일 수도 있지만 그로테스크Grotesque하거나 공포스러운 것일수도 있다. 미장센은 각본에서 표현하기 어렵다. 그야말로 연출자가 미술감독과 함께 현장에서 만들어나가는 것인데, 미장센 하나만으로 극의 전반적인 플롯을 예측하거나 서스펜스를 구축해나갈 수 있다.

한국에서 미장센을 잘 활용하는 연출가가 박찬욱 감독인데, 그의 최신작인 〈헤어질 결심〉에서도 미장센으로 표현한 다양한 형태의 대조를 확인할 수 있다. 극의 전반과 후반을 가르는 산과 바다, 그 산과 바다를 표현하는 집의 벽지, 남자 주인공인 해준의 감정에 따라 변화하는 음식의 차이, 그리고 극을 관통하는 안개라는 이미지와 노래, 감독은 대사는 물론 미장센으로 끊임없이 관객과 대화를 이어나간다.

그런가 하면 몽타주라는 영화용어 역시 극을 구성하는 데 중요한 요소를 의미한다. 이는 롱테이크만으로는 모든 것을 보여줄 수 없는 영화라는 특징에서 필수불가결한 도구이기도 하다.

우리는 드라마나 영화를 보면서 부분 부분만 보여줘도 그 장면을 유기적으로 연결하여 이해할 수 있는 능력이 있다. 예컨대 무술 영화의 경우, 무술에 문외한인 주인공이 고수인 스승을 만나 훈련하는 과정은 전형적인 몽타주의 예라고 볼 수 있다. 몇십 초 단위로 보여주는 무술 수련 과정을 서너 번 보여주면 이미 수년간 고행을 통해 무술을 단련한 주인공을 유추해나갈 수 있다. 어떤 남자가 홀로 걷는 장면(A), 여자가 홀로 걷는 장면(B), 그리고 이 둘이 나란히 걷는 장면(C)이 있다고 가정을 해보자. 이 장면을 A-B-C로 보여준다면 이들은 사랑을 시작하는 것으로 느껴질 것이며, C-B-A로 보여주면 이별을 하는 장면처럼 느껴질 것이다. 이처럼 몽타주의 변주를 통해 감독은 관객의 시각을 분산시킬 수 있으며, 이는 때로 설득의 방법 혹은 함정의 방법으로 사용되기도 한다.

물론 미장센이나 몽타주라는 용어를 모른다고 할지라도 영화를 보는 데 문제는 없다. 하지만 하지만 영화를 만드는 사람의 입장에서 본다면 이러한 이론을 모르고 영화를 찍는 것과 알고 찍는 것은 큰 차이가 존재한다. 자신이 사용할 수 있는 방법의 변주를 알고 표현하는 것과 우연의 일치로 표현하는 것은 다르기 때문이다. 건설의 세계 역시 이와 유사하다. 건설에 대한 이론을 모르면서 집을 지을 수는 있다. 하지만 그러한 이론을 모르고 집을 짓는다면 사상누각砂上樓閣과 다를 바 없다.

단면2차모멘트를 모르고, 전단력이나 인장력을 모르고, 지반의 함수비나 지내력을 모르고 집을 지을 수는 있다. 하지만 이와 같이 이론을 모른 채 집을 짓는다면 그 집은 오랫동안 내구성을 유지하기 어려울 것이다. 1층이야 어찌 저찌 짓는다 하더라도, 이것이 2층 이상, 10층, 20층까지 간다면 상상하기 어려운 큰 문제로 다가온다(물론 현행법상으로 건설면허가 없는 회사가 이와 같은 구조물을 만드는 일은 불법이기도 하다).

어느 분야나 이론이 있고 그에 따른 전문용어가 있기 마련이다. 이는 어찌 보면 인류 전체의 유산일 수도 있고, 뉴턴이 말한 거인의 어깨일 수도 있다. 영화든 건설이든, 반도체든 기계공학이든, 이러한 누적된 이론이 바탕이 되었기 때문에 우리는 안전한 기계나 건축물, 유려하고 잘 직조된 영화나 음악을 즐길 수 있는 것이다. 간혹 이론의 가치를 지나치게 무시하는 실무자들이 눈에 보인다. 하지만 이러한 이론을 등한시하고 잘되는 경우는 보기 어렵다. 직관적으로 어렵게 느껴지더라도, 우리 선배들이 만들어놓은 이론을 유심히 들여다보면서 기본을 잘 세워나가는 자세는 아무리 강조해도 부족하지 않을 것이다. 그 이론을 어느 정도 내 것으로 만들었을 때, 창조성도 나올 수 있는 것이다.

하늘의 별 따기인 구조기술사

나는 배우 이선균을 좋아한다. 그는 연기 스펙트럼이 상당히 넓은 편인데, 드라마 〈파스타〉나 영화 〈기생충〉과 같이 널리 흥행한 작품에서의 모습도 좋지만, 〈누구의 딸도 아닌 해원〉과 같이 홍상수 영화에서 나오는 찌질하고 짜증 섞인 일상의 모습도 매력적이다. 그런 그가 새로운 드라마에 출연한다고 하여 기대하고 봤던 작품이 〈나의 아저씨〉였다.

〈나의 아저씨〉는 방영 전 중년 남성과 젊은 여성의 애정 관계를 그리는 내용이라고 오해하여 논란이 많았던 작품이었다. 하지만 드라마 〈나의 아저씨〉는 뻔한 중년 남성의 로맨스물이 아니었다. 박해영 작가 작품이 대부분 그렇지만 등장하는 인물 한 명 한 명의 캐릭터가 나름의 서사를 가지고 있어, 현재는 많은 시청자의 마음을 사로잡은 인생 드라마로 평가받고 있다. 〈나의 아저씨〉 속 주인공의 극 중 직업은 건축구조기술사다. 1990년대 다양한 드라마 주인공의 직업이 건축사였는데, 이 드라마가 이전 드라마와 달랐던 부분은 건설회사의 모습을 비교적 정확하게 묘사하고 있다는 점이었다.

물론 건설회사는 시공회사와 설계회사, 대기업과 중견기업, 등 다양한 카테고리로 분류할 수 있어, 이를 단순하게 일반화하기는 어렵다. 하지만 극 중 건축사와 건축구조기술사를 구분하여 설명한 점, 설계와 안전진단을 구분한 점, 구조해석을 위한 유한요소해석 3D도면 등을 본다는 점 등을 보면 적어도 작가 및 연출진이 건축구조기술사라는 직업을 정확히 표현하기 위해 충분히 취재했다는 걸 알 수 있었다. 다만 대기업 임원진들의 과도한 정치, 임원 심사를 위한 다양한 암투극 등은 극의 긴장감 형성을 위해 다소 과장되게 표현된 감이 있다.

건설 엔지니어에 관심이 있다면 이 드라마를 어떤 부분을 중점적으로 보면 재미있을까.

내 생각에는 전문 기술사가 되더라도, 대기업 임원이 되더라도, 아주 그렇게 다른 인생이 펼쳐지기는 힘들다는, 어떻게 보면 매우 평범한 관점이 아닐까 싶다. 기실 사람들은 자신이 가질 수 없는 것, 혹은 매우 멀리 있는 것이 자신의 손에 잡히면 매우 행복할 것이라고 생각할 수 있다. 전문 기술사의 경우, 공고나 대학에서 건축 토목을 전공하는 학생들 입장에서는 될 수 있는 최고 수준의 전문가의 레벨이다.

이제 사회생활을 막 시작한 신입사원 관점에서 본다면 대기업 임원과 같은 위치 역시 수많은 권력과 부를 보장받는 자리로 보일 수 있다. 하지만 그 실상을 들여다본다면 대부분 오늘을 살아가는 평범한 가장 혹은 아저씨의 범주에서 크게 차이가 나지 않는다. 물론 중년에 들어선 사람이 기술사나 대기업과 같은 일정 수준 이상의 안정적 수입을 보장받지 못하는 경우 더욱 어려운 삶을 살아갈 확률이 높지만, 딱히 그러한 범주에 들어간다 하더라도 우리가 겪는 일상의 고민이나 갈등은 계속될 수밖에 없다.

그럼에도 좋은 점을 조금 들여다보자면 다음과 같다. 기술직은 자기만의 영역이 있기 때문에 꾸준히 자기계발을 하며 업무를 하다 보면 회사를 나오더라도 할 수 있는 일들이 비교적 있는 편이다. 극 중에서도 이선균 배우가 연기했던 박동훈 부장은 대기업을 퇴직하고 안전진단팀 사람들과 같이 작은 회사를 차렸는데, 이와 같은 사례는 충분히 있을 법한 이야기다. 어떠한 건물을 새로 짓거나 재건축을 하기 위해서는 구조기술사의 도장이 없이는 이루어지기 어렵고, 이와 같은 규제는 날이 갈수록 더 많아지고 있기 때문이다.

그런데 한국의 현실은 이 구조기술사라는 타이틀을 얻기 지나치게 어렵게 되어 있다. 전문기술사의 경우 대학을 나온 후에도 실무경험이 필요하며, 필기와 실기 시험을 쳐야 하는데 합격할 확률이 객관적으로 매우 낮다. 한국산업인력공단 기준 2017년 건축구조기술사 필기 시험에서는 총 618명이 응시하여 고작 11명이 합격했는데, 합격률로 따지자면 1.8퍼센트라는 매우 낮은 수준이다. 2021년에는 합격률이 5.9퍼센트까지 올라가긴 했으나, 여전히 1년에 선발하는 인원이 50명 내외로 매우 낮으며, 이마저도 실기 시험을 거쳐 다시 절반 정도가 떨어지게 된다.

개인적으로 이와 같이 제한된 수준의 전문기술사를 선발하는 국내 시스템에 아쉬움이 있다. 약간 조선시대 과거 시험과 같은 느낌인데, 이는 각국의 선진국에서 관리하는 전문기술사 시스템과 많이 다르다. 미국에서 한국의 기술사에 해당하는 PE^Professional Engineer^의 2015년 평균 합격률은 56퍼센트라 한다. 이게 영국으로 가면 65퍼센트, 호주 70퍼센트, 네덜란드는 심지어 90퍼센트까지 된다.

이렇게 많은 사람들이 기술사가 된다고 해서 해당 선진국의 구조물이 한국의 구조물보다 부실하다고 볼 수 있을까? 되려 전국 700만 개가 넘는 건축물의 안전이 고작 연간 50명 내외로 선발되는 건축구조기술사에 의해 관리되는 현실을 걱정하는 것이 사리에 맞지 않을까. 실상 건설회사에 가보면 기술사 자격증이 없는 직원들이 오히려 더 높은 업무 성과를 내는 경우도 많으며, 머리가 희끗한 기술사는 책임지고 도장 찍는 일만 하는 경우도 많이 있다.

이와 같이 자격증의 수를 제한하면 할수록 기득권의 지대^rent^는 높아지게 된다. 사회적 효용 차원에서는 선발 인원과 합격률이 낮아지면 낮아질수록 신규 진입자가 줄어든다는 단점이 발생한다. 결국 해당 산업은 고인물만 남을 수밖에 없으며, 능력 있는 젊은 인재들을 다른 산업에 빼앗기게 된다. 이게 오늘날의 토목건축 업계와 전자/IT 업계의 차이일 수 있다. 이런 현상이 지속되면 '자격증 불법 대여'와 같은 음성적인 현상마저 만연해질 수 있다. 모두를 위해 결코 좋은 일은 아니다.

개인적으로 이와 같은 기득권의 지대 추구가 젊은 인재들을 산업으로 끌어들이지 못하게 하는 요인 중의 하나라고 생각한다. 이와 같은 제도는 글로벌 기업이 국내에 진출하거나 국내 기업이 해외 진출하기 어렵게 만든다. 부디 이러한 문제점을 하나둘씩 해결해나가며 건설업이 더 나은 산업으로 진화하길 기대해본다.

직장생활의 리더십

관리자로서의 직장 생활을 시작하면 리더십에 대한 고민을 많이 하게 된다. 특별히 건설업은 일찍부터 리더십을 발휘해야 하는 경우가 많은데, 대학을 졸업하고 대기업인 원 도급사나 공무원인 발주처 감독 등으로 부임하게 되는 경우가 그러하다. 하지만 대부분 군대라는 특수한 공간을 제외하고는 특별히 어떤 조직을 이끌거나 관리하는 경험이 없다 보니 많이들 어려움을 겪는다. 나도 처음 아라비아반도에 부임하고, 100여 명의 근로자들을 이끄는 매니저가 되었을 때 그러한 일을 겪었다.

나는 보통 새로운 지식을 습득하는 데 책을 이용하는 편이었다. 요즘에는 유튜브라는 훌륭한 대안이 존재하지만, 당시만 하더라도 책 이외에는 새로운 지식을 습득하기 어려운 시절이었다. 하지만 아라비아 반도에서 내가 읽을 수 있는 한국어 책은 상당히 제한적이었고, 심지어 영어로 된 책도 구하기 어려웠다. 어쩔 수 없이 나는 인터넷을 뒤져봤고, 당시 칭기즈칸의 일대기를 다룬 '테무진 to the 칸'이라는 연재글을 흥미롭게 봤던 경험이 있다. 리더십을 간접적으로 익힐 수 있는 소중한 자료였다.

리더십 하면 흔히 "나를 따르라!" 식의 장군형 타입을 연상하기 쉽다. 이러한 리더십이 성립하기 위해서는 그 리더가 조직원들에 비해 현저히 전투력이 높거나 지력이 높아야 한다. 하지만 나와 같은 범인凡人은 타인보다 딱히 전투력이 높거나 지력이 뛰어난 스타일이 아니다. 현대사회에 오면서 이런 경우가 많아지는데, 이는 과거에 비해 교육의 기회가 많아 상향평준화가 된 것에서 이유를 찾을 수 있을 것이다. 칭기즈칸의 전기를 읽으면서 위안을 느꼈던 부분은, 그 역시 그보다 능력이 더 뛰어난 자무카라는 존재가 있었다는 부분이었다.

전투 능력 면에서 자무카가 칭기즈칸보다 탁월했음에도 불구하고 칭기즈칸이 중원을 재패할 수 있었던 이유는 그의 탁월한 리더십 때문이었다. 자무카의 전투 능력은 뛰어났으나 그는 패자를 삶아 죽이거나 시신을 말에 매달아 끌고 다니며 사람들에게 전시하는 등 잔혹한 행위를 스스럼없이 보여줬다. 반면에 칭기즈칸은 정벌로 인한 이익을 구성원들과 공유하고, 정벌한 지역의 생활양식을 어느 정도 수준에서 용인하는 등 사람들의 마음을 얻는 방식으로 리더십을 발휘해나갔다. 이러한 예는《초한지》의 항우와 유방의 예에서도 잘 드러난다. 덩치가 크고 힘이 센 사람은 항우였지만, 역사 속의 승자는 민심을 얻은 한나라 고조 유방이었다.

이순신 장군에 대한 두 영화〈명량〉과〈한산〉을 보면, 같은 인물이지만 새삼 다른 리더십의 차이를 느낄 수 있다. 물론 감독도 이를 감안하여 이순신 장군 역할 캐스팅을 각각 최민식 배우와 박해일 배우로 달리 했다.〈명량〉의 이순신은 서슬이 퍼런 수준이다. 탈영병은 본인 손으로 직접 목을 베기까지 한다.〈명량〉의 배경은 임진왜란 말기인 1597년인데, 칠천량해전으로 인해 조선 수군이 사실상 와해된 상황에서 벌어진 전투였다. 이순신 장군은 임진왜란 6년 동안 수많은 전투를 치른 상황이었고, 삼도수군통제사로서 해군 전체를 통솔하는 장군이었다. 그러나 이제 열두 척밖에 남지 않는 판옥선으로 일본군의 100척이 넘는 군사를 상대해야 했는데, 이러다 보니 "살고자 하면 죽고, 죽고자 하면 살 것이다"의 절절한 리더십이 나올 수밖에 없는 것이다. 이런 '나를 따르라' 식의 리더십에 적합한 인물은 최민식 배우와 같이 카리스마 넘치는 베테랑 배우였을 것이고, 이는 매우 훌륭한 캐스팅이었다고 본다.

하지만 〈한산〉의 이순신 장군은 〈명량〉과 다른 방식의 리더십을 보여준다. 한산도대첩은 명량대첩보다 훨씬 이른 1592년, 즉 임진왜란 초기 때 발생한 전투다. 1592년 5월에 발발한 임진왜란에서 한산도대첩 당시 이순신 장군은 앞서 명량대첩 때 삼도수군통제사가 아닌 전라좌도 수군절도사였다. 이것도 임진왜란 바로 1년 전인 1591년에 임명된 것으로, 1589년까지 이순신은 전라도 정읍현감일 뿐이었다. 이 때문에 〈한산〉에서 이순신은 〈명량〉에서의 카리스마 넘치는 리더십을 펼치기는 어려웠다. 비록 과거 전라도 고흥 발포진에서 수군만호(종4품)로서 근무하기는 했으나, 함경도에서 여진족과 전투하는 등 해군보다 육군에서 더 경력을 많이 쌓았던 사람이었다.

이러한 상황에서 이순신은 "전군! 출정하라!" 식의 단호하고 위엄찬 리더십보다는 "전군… 출정하라…" 식으로 차분하면서도 고뇌에 찬 리더의 모습을 보여준다. 한산도대첩에서 보여주는 이순신 장군의 리더십은 한 땀 한 땀 빌드업build-up 해나가는 과정을 보여준다. 그가 수성이 아닌 공격을 이야기했을 때, 부하들은 의아했으며 원균과 같은 장군은 학익진에 대해 무모한 방법이라고 혹평을 하기도 했다. 하지만 박해일 배우가 연기한 이순신 장군은 차분하게 본인의 논리를 밀어나갔고, 결국 조선 수군을 승리로 이끌었다. 목소리가 크거나 전투력만 높은 리더는 초반에 많은 사람을 사로잡을 수는 있다. 하지만 그것이 중장기적으로 성과를 내지 못하거나, 리더 자신만 앞세우는 리더십이라면 구성원들의 마음을 얻기 어려워진다.

그보다 차근차근 당면한 과제를 분석하고 전략을

세우면서 구성원과 고민하며 해결책을 찾아 나서는 자세를 보여주는 리더라면, 구성원들은 자연스럽게 신뢰를 쌓아가면서 리더의 결정에 지지를 표하게 된다. 꼭 목소리가 크거나 타 구성원에 비해 현저히 높은 능력을 보여주지 않아도 훌륭한 리더가 될 수 있다는 말이다. 〈명량〉과 〈한산〉을 다시 대조하며 들여다보는 것은 리더십의 이해 차원에서 꽤 괜찮은 방법일 수 있다.

건설 현장에서도 다양한 리더십과 마주하게 된다. 내 말대로만 하면 전혀 문제없으니 토 달지 말고 내가 하라는 대로 하라는 리더도 있고, 너희들 능력이 나보다 나으니 알아서 문제를 잘 해결해나가라는 리더도 있다. 꼭 어떤 리더가 더 우수하다고 말할 수는 없다. 하지만 적어도 리더십이 어느 한 가지 형태로 존재하는 것은 아니다. 나의 성격과 가치관, 그리고 생활양식에 잘 맞는 리더십의 형태를 찾는 것도 중요한 일일 것이다.

마감공사

건설 엔지니어의 은밀한 취미

사회 인프라를 만드는 일이 업이다 보니, 운전을 하며, 자전거를 타며, 걸어가며 주변 인공구조물을 조금 더 많이 바라보는 편이다. 도로나 인도 보수공사를 하거나 배관 및 지하철 등 지하구조물 공사 때문에 길이 막힐 때에는 저 구조물은 왜 필요하고 어떤 공사 단계에 있는지 생각해보기도 한다.

지하공사를 자주 해서 행동의 제약이 발생하는 대표적인 예는 강남역 구간이다. 강남역은 신분당선 공사 때부터 복공판(지하공사 시 지상에 임시로 깔아두는 판)으로 도로가 점유되는 일이 다반사다. 2010년에 국지성 집중호우 때문에 주변이 물바다가 되어 역경사 하수관을 고치는 공사를 하기도 했으며, 저지대 빗물처리를 위해 인근 용허리공원 빗물 저류조도 설치하고, 반포천 유역분리터널공사도 진행했다. 반포천 공사의 경우 직경 8미터의 터널굴착기계TBM, Tunnel Boring Machine가 사용되었는데, 이는 내가 작업했던 서울지하철 7호선 부천 연장구간 공사 때 사용한 것과 유사한 기계이기도 하다.

최근에는 서울 및 수도권에는 GTX 공사로 이런 저런 공사시설물들이 많이 보인다. 지나다니는 시민들에게는 이러한 시설물이 교통체증을 유발하는 불편한 시설로 보일 수 있겠지만, 직접 그 안에서 근무를 해봤던 건설 엔지니어 관점에서는 늘 안전을 걱정하며 열심히 근무하는 동료들이 투영되어 보인다. 시민들의 이동에 다소 불편함이 존재하지만, 결국 이러한 구조물이 제대로 만들어져야 누구나 대중교통으로 자유롭게 이동할 수 있고, 비가 많이 와도 도시에 침수가 발생하지 않으며, 안전하게 지역난방이나 전기, 통신 등을 사용할 수 있다.

외국에서 근무할 때는 쉬는 시간에 틈틈이 그 나라 도시를 돌아다니며 나와 다른 생활양식을 바탕으로 살아가는 사람들의 모습을 지켜봤다. 다들 오랜 시간 지형지물을 활용하여 살아왔는데, 그러한 환경의 생활양식을 들여다보는 것도 재미가 쏠쏠하다. 우리나라뿐만 아니라 대부분의 나라는 과거에 사람들이 거주하던 땅과 현재 사람들이 거주하는 땅이 다르고, 대부분의 도시는 구도심과 신도심이 적절하게 섞여 있다. 이를테면 조선시대 서울이 강북이고, 현재 선호되는 거주지가 강남이듯이, 시간이 지남에 따라 사람들이 거주하는 곳은 자연스럽게 변화한다.

왜 이런 변화가 발생하는지 해당 지역의 지형과 역사를 통해 들여다보는 것도 재미있는 일이다. 예컨대 지중해 여행을 하며 자세히 들여다보면, 아주 오래된 거주지는 보통 산기슭에 있는 경우를 많이 볼 수 있다. 도시 자체에 고저차가 크고 오래된 건물들이 많다 보니 사진을 찍어도 아주 운치 있는 경우가 많다. 대표적인 예가 그리스의 아라호바Arachova라는 산악도시이다. 아라호바는 〈태양의 후예〉 촬영지로 유명하기도 한데, 바로 뒤 해발 2,457미터의 파르나소스산을 등지고 앞은 코린토스만을 두고 생성된 경사지 위에 생성된 도시이다.

평지가 아닌 산간 지역에 사람들이 거주하는 것

을 현재의 관점에서 보면 신기할 수도 있다. 막상 가서 걸어보면 이웃의 집을 이동하는데도 힘이 들기 때문이다. 자동차도 없던 시절에는 아마 타 지역에 가는 것은 연중행사였을 것이다. 하지만 토목 기술이 발달하지 않은 시절에 산간 지역이 거주지로 탁월했던 데는 몇 가지 이유가 존재한다. 저지대 평지는 괴어 있는 물 때문에 말라리아의 위협이 존재하며, 비가 많이 오면 홍수로 인해 인프라가 파괴될 위험에 노출된다. 배수가 제대로 되지 않으니 다양한 생물이 번성하고, 이러한 생물들은 인간에게 풍토병을 유발시키기 때문에 거주지로서 좋지 않은 상태가 된다.

오늘날 서울 강남 지역의 상당 부분이 과거에는 한강의 일부였다. 토목 기술이 발달하지 않았던 시기에는 강남이나 잠실 같은 지역은 인간이 안전하게 거주하기 어려웠던 지역이다. 산간 지역은 이러한 자연재해뿐만 아니라 외적의 침입에도 대비하기 수월하다. 아무리 강한 군대라 할지라도 산간 지역과 같이 지형지물이 험한 곳은 공격하기 쉽지 않고, 장기전으로 간다면 수비자에게 유리해지기 때문이다. 그리고 딱히 대단한 보물창고가 있는 것도 아니기 때문에 굳이 장기전까지 감수하면서 차지해야 하는 지역이 아니기도 하다. 이러다 보니 고지대 도시는 오랫동안 자신들의 문명을 유지할 수 있고, 그 명맥을 이어갈 수 있게 된다. 그래서 역사학자인 페르낭 브로델Fernand Braudel은 그의 저서 《지중해》를 통해 이런 말을 남긴다.

"오늘날 번영의 징표인 수많은 사람이 거주하는 평야는 수세기에 걸친 고통스러운 집단 노력의 결과이다." (《지중해 : 펠리페 2세 시대의 지중해 세계 1, 환경의 역할》, 62쪽)

쉬는 시간에 가장 재미있는 일은 특정 지역을 걸으며 이런 이야기를 읽는 일이다. 코로나19 유행 이전에는 그리스나 튀르키예와 같은 지역의 책을 읽고 그곳을 직접 답사하며 스스로 생각하는 일이 가장 재미있는 일이었다. 해외여행이 자유롭지 않은 요즘은 인근 도시를 걸으며 조선시대, 고려시대, 그 이전의 시기를 떠올려보는데, 그 재미도 쏠쏠하다. 얼마 전에는 성남구 중원구, 수정구를 걸으며 이 지역의 과거를 살펴보았다.

이들 지역 역시 매우 심한 경사를 보이는데, 그 이유는 유럽 지중해 인근 도시와 약간 다르다. 1960년대 후반부터 대한민국 정부는 서울의 무허가 판자촌을 정리해나갔다. 이 철거민이 이주할 단지 후보지로 하남시, 광명시, 안양시 등 여러 곳이 거론되었는데, 농경지 면적이 가장 적다는 이유로 최종 선정된 지역이 이 성남시 구도심이었다. '성남'이라는 이름 자체가 '남한산성의 성곽 남쪽'이라는 뜻인데, 이렇다 보니 이 지역은 가파른 산비탈이 대부분이었고, 심지어 도로는 물론 상하수도 시설 등 인프라는 전혀 없고 대지와 군용텐트만 있었다고 한다.

결국 1971년 대규모 봉기가 발생하는데, 이것이 '광주대단지사건'이다. 이는 정치가 아닌 생존 문제로 발생한 적극적인 저항이라는 측면에서 대한민국 근현대사에 있어서도 중요한 사건이다. 2021년 성남시는 조례를 통해 이 사건 이름을 '8.10 성남 민권운동'으로 정식 명칭을 변경했다. 이 운동 이전까지 이 지역은 경기도 광주군 중부면이었는데, 이 사건 이후로 1973년 성남시로 승격되었다. 현재는 분당 신도시와 판교 신도시로 부촌의 이미지가 강한 성남시이지만, 역사를 조금만 파헤치면 이런 아픈 기억도 있음을 알게 된다.

같은 경사지에 생성된 도시여도 이처럼 각자 다양한 지형과 역사라는 변주 속에 도시가 탄생하며, 이러한 이야기를 알고 나면 해당 도시를 답사하는 일은 더 흥미로워진다. 나는 종종 은퇴 후의 삶이 지루하지 않겠다고 생각하는데, 이렇게 국내외 다양한 도시를 공부하고 발로 걸으며 답사하는 일은 끝이 없을 것이기 때문이다. 중국어, 일본어, 프랑스어 등 다양한 언어를 익히고 해당 지역 박물관을 돌아다니며 과거 사람들이 살아가던 기억을 더듬어보는 일은 더없이 행복할 것이다.

인생은 길고
공부는 더 길다

내가 사는 지역은 경기도에서 학원이 밀집되어 있어 인근 시도에서도 매일 차로 오가며 공부를 시키는 곳이다. 맞벌이 부부인 우리가 자녀를 키우기에는 최적의 장소이다. 초등학교, 중학교는 물론 고등학교까지 도보 거리에 밀집해 있고, 학원마저 선택의 폭이 넓으니 엄마 아빠가 일을 하더라도 아이들 스스로 학업을 이어나갈 수 있기 때문이다. 다만 학원가에 살다 보니 단점이 한 가지 존재하는데, 이는 거리마다 'ㅇㅇ학교 ㅇㅇ명 입학' 등의 현수막이나 광고판이 넘쳐난다는 점이다.

이러한 환경 속에서 자칫 아이들이 대학 간판이 꼭 인생의 전부인 양 생각할까 부모로서 걱정된다.

물론 좋은 학교에 들어가 좋은 시설 속에서 역량이 뛰어난 선후배들과 공부를 하면 학교를 다닐 때는 물론 졸업한 이후에도 훌륭한 시너지를 발휘할 것이다. 하지만 개인적으로는 출신 학교라는 간판이 대학 이후의 인생에 절대적인 영향을 미친다고 보지 않는다. 특히 엔지니어같이 끊임없이 역량을 개발해야 하는 직업군이라면 더욱더 그러하다.

토목공학과의 관점에서 보자면 탑티어top-tier 대학이나 지방의 사립대학에서나 배우는 것은 대동소이하다. 아니 이는 사실 한국은 물론 유럽이나 미국, 전 세계 어디를 가나 비슷한 과목과 강의계획서Syllabus로 공부를 하게 된다. 이 때문에 대학에서 학업을 충실히 수행했다면 좋은 학교를 나오든 그렇지 않은 학교를 나오든 지식 측면에서는 별반 다를 바 없다. 여기서 현업에서 토목기사나 토목구조기술사, 혹은 FEThe Fundamentals of Engineering나 PEProfessional Engineer와 같은 자격을 취득하면서 지식과 경험의 폭을 넓히는데, 이 과정에서 실력의 차이가 발생한다.

아무리 좋은 학교 건축공학과나 토목공학과를 나오더라도 10년, 20년 후에 경력이나 현업 자격증이 부족하면 출신 학교와 무관하게 경쟁력이 떨어지기 마련이다. 만약 직장을 찾아 홍콩이나 싱가포르, 나아가 미국이나 유럽으로 간다면 사실 학부 이름의 가치는 더욱 희석될 수밖에 없다. 이보다 어떤 프로젝트에서 어떤 경험을 쌓았는지, 정말 이러한 프로젝트 매니지먼트를 할 수 있는지를 더 확인하고 싶은 것이 고용주의 마음이기 때문이다. 나도 가끔 면접에 참여하기도 하지만, 아무리 좋은 학교를 나온 응시자라 할지라도 경력의 단절 혹은 경력의 불일치 등이 이어진다면 좋은 평가를 하기 쉽지 않다.

어쨌건 조직의 일원으로 프로젝트를 같이 해야 하는 사람을 찾는데, 좋은 머리는 필요조건 중 하나이지 충분조건은 아니다. 되려 머리만 좋고 비난만 일삼는 동료가 존재한다면 오히려 프로젝트에는 득이 아닌 실이 될 수밖에 없다. 이런 관점에서 본다면 대학이라는 학벌도 조금 더 긴 호흡에서 바라볼 필요가 있다. 물론 좋은 대학의 장점은 무수히 존재한다. 아무래도 학생을 가르치는 교원 역시 좋은 학교에 더 많을 수밖에 없으며, 글로벌 스탠다드에 맞는 교과를 가르칠 확률이 높을 것이다.

아울러 공부라는 것은 어찌되었건 상대평가를 기준으로 하게 되는 것이고, 또래집단 속에서 경쟁심이라는 것도 자라나게 되는데, 좋은 학교에는 그만큼 훌륭한 역량의 선후배들이 많아 자연스럽게 경쟁력도 갖추게 되기 마련이다. 일정 수준에 맞추지 못하면 도태되기도 하지만, 그 집단 속에서 살아남는다면 기본적인 경쟁력을 갖췄다는 방증이 되기도 한다. 하지만 자신의 실력에 비해 과도하게 높은 집단으로 '운 좋게' 들어간다면, 그 안에서 자존감을 높여가며 살아남기 자체가 어려운 과제가 될 수 있다.

따라서 나는 내 자녀에게 딱히 어느 수준 이상의 대학에 가야 한다고 고집하거나 강요하지는 않으려고 노력한다. 그저 자신에게 주어진 과제를 충실히 하고, 자신의 실력에 맞게 대학에 가는 것이 중요하다는 생각이다. 초중고 공부와 다르게 대학 이상의 전공 공부는 결국 성적 외에도 전공에 대한 흥미, 지속성이 중요하기 때문에 초중고 공부 역시 단거리 달리기가 아닌 마라톤의 관점에서 바라봐야 한다. 만약 초중고 공부에서 체력을 소진하여, 좋은 대학에 갔다고 해도 전공 공부를 기피하다시피 하면 여생이 행복할 리 만무하다.

전공을 잘 선택하는 것 역시 중요하다. 아무리 학교 간판이 중요하다고 아무 전공이나 선택하는 것은 꽤나 위험한 일일 수 있다. 혹자는 대학 전공이 남은 인생과 하등의 상관이 없다고는 하지만, 공학을 전공한 나의 관점은 그렇지 않다. 나는 여전히 대학 1학년 때 공부했던 정역학 책을 펼쳐보고 있고, 대학원에서 공부한 미시경제학이나 거시경제학 교과서를 간간이 펼쳐본다. 이러한 학문적 바탕이 있었기에 현업에서 더 자신감 있게 일을 치고 나갈 수 있는 것이고, 불특정 다수의 외국 회사와 일을 할 때에도 거침없이 일을 할 수 있게 되었다.

내신성적이 좋지 않은가? 수능시험을 망쳤는가? 혹은 현재 다니는 대학에 만족하지 않는가? 그러한 고민을 하고 있다면 어서 빨리 전공서적 하나라도 더 숙독하면서 실력을 키워나갈 필요가 있다. 얼마 전, 전 세계 최고 수준의 설계사인 한국인 직원과 일을 한 적이 있었다. 그 분은 수리학Hydraulics(물의 흐름에 관한 공학) 분야의 박사였는데, 유럽의 다양한 엔지니어들 사이에서도 독보적인 전문성으로 회의를 이끄는 모습이 인상적이었다. 물론 나보다 연봉도 높을 것이고, 가족들과의 북유럽에서 지내는 삶도 만족하는 것으로 보였다.

한데 대화를 하며 들어보니, 이 분은 우리나라에서 최상위 학벌의 대학을 나온 분이 아니셨다. 전문대학에서 토목공학을 전공하고, 흥미를 느껴 인서울 대학으로 편입하여 공부하고, 거기서 더 흥미를 느껴 유럽으로 넘어가 석사·박사를 하는 등 학업의 경력을 이어나갔다고 한다. 학업과 학업 사이에 현업에서 근무를 했고, 이렇게 다채로운 경력으로 인해 전문성은 더 높아져서 결국 전 세계 최고 수준의 설계사로 멋있게 자신만의 영역을 구축한 것이다.

대학에 입학할 시기의 역량 차이는 현업에서 왕성히 두각을 나타낼 40~50대 때를 기준으로 보자면 정말 보잘 것 없을 수 있으며, 현업에서 필요한 역량과 각도가 다를 수 있다. 따라서 학력이라는 잣대로만 현재와 미래를 예단할 필요는 없다.

거시적인 빌드업이 필요한 이유

앞서 이야기한 바와 같이 나는 대학에 입학하기 전까지 건설업을 할 것이란 생각은 하나도 하지 않았다. 그저 입시 점수에 맞춰서 대학과 학과를 선택하다 보니 건설 관련 학과로 진학하게 된 것이고, 그 안에서 월급을 많이 받을 수 있는 길을 찾다 보니 대기업에 가서 경력을 개발하게 된 것이다. 최근 아이가 중학교에 진학하게 되면서 요즘 입시를 들여다볼 기회가 있었는데, 현재 입시에서 수시로 대학에 가기 위해서는 미리 지원하는 학과에 맞는 준비를 해야 하는 걸 알게 되었다. 어찌 보면 매우 합리적으로 보이지만, 내 경험에서 보자면 꽤나 혹독한 시스템일 수도 있다는 생각이 든다.

대학조차 아직 미지의 영역인 고등학생 아이들에게 더 뿌옇게 보이지 않는 직업의 세계를 제대로 이해하고 의사결정하기란 너무나 힘든 일이다. 아울러 거시경제는 주기적으로 변화하고, 한 국가의 주력 산업 역시 기술과 경제의 발전에 따라 변화하기 마련인데, 이것을 미리 포착하고 직업을 제대로 결정하기는 어려운 일이다. 아무리 자신이 뛰어난 역량으로 준비를 한다 하더라도 해당 산업 자체가 침체에 빠지면 그 능력을 펼치기 어려울 수 있다.

예를 들어 조선 산업을 보자. 내가 취직을 할 시점인 2007년도에 우리나라의 조선 산업은 그야말로 최고 호황기에 접어들고 있는 시점이었다. 한국무역협회의 통계를 보면 1997년 우리나라의 조선업 수출금액은 66.5억 달러 수준이었다. 이것은 이후 꾸준히 증가를 하다가 2011년에는 거의 8~9배가 늘어난 565.9억 달러로 늘어나게 되는데, 이때 조선업은 그야말로 황금기였던 시절이었다. 당시 선박해양공학과는 물론 기계공학과 및 전기공학과, 타 인문계 전공들까지 메이저 중공업 회사에 입사하는 것은 누구에게나 꿈과 같은 것이었다.

지금은 그 흔적만 살짝 남아 있지만, 당시 STX라는 상징적인 기업이 존재했다. 현대중공업, 삼성중공업, 대우조선해양이라는 빅3는 물론 인기가 많았지만, 이 STX라는 신생 기업의 인기도 그에 못지 않았다. STX의 각 계열사들은 인수합병을 통해 하나가 되었는데, 주력 계열사는 STX엔진(구 쌍용중공업), STX조선해양(구 대동조선), STX팬오션(구 범양상선)이었다. 2011년에는 자산규모 22조 원으로 재벌순위 14위까지 올라갔는데, 당시 세계 3위 크루즈선 제조업체를 인수할 정도로 기세가 높았다.

이 STX그룹은 당시 우수한 대학생 인재들을 데리고 오기 위해서 다양한 프로그램을 운영했는데, 그 중 하나가 신입사원 크루즈 연수였다. 7박 8일 동안 중국 다롄의 STX 조선소 방문은 물론 선상파티, 테니스 대회, 단편영화제 등 듣기만 해도 가슴이 설레는 연수 프로그램을 실시했는데, 이 덕분에 2011년 STX 19기 공채는 300명 모집에 무려 1만 3000명의 구직자가 몰리는 등 하늘 높은 인기를 구가했다. 하지만 2011년 565.9억 달러의 매출을 올리던 한국의 조선 산업은 세계금융위기의 후폭풍을 맞아 줄어들게 되는데, 2020년에 이르러는 약 3분의 1 토막인 197.5억 달러까지 그 규모가 축소되었다.

사실상 우리나라 조선업의 규모도 3분의 1로 줄어들어야 하는 상황이었는데, 그러다 보니 재정적으로 취약한 기업들부터 차례대로 무너지기 시작했다. STX그룹은 2012년부터 그룹 전체가 유동성 위기에 직면했고, 이후 계열사들이 법정관리에 들어가게 되면서 2014년에 이르러 사실상 해체 단계에 이르게 되었다. 한때 정말 우수한 대학생 인재들을 모셔간 기업이 몇 년 되지 않아 해체가 된 아이러니한 상황이 연출된 것이다. 그 우수했던 대학생 인재 중 일부는 헤드헌팅 시장에서 다른 조선사나 타 기업으로 이직하게 되었지만, 그렇지 못했던 사람들은 월급이 밀리는 등 어려운 생활을 이어갈 수밖에 없었다.

1997년 외환위기에서도 비슷한 경우를 많이 찾아볼 수 있다. 현재 인기 있는 학과나 산업이 현재 고등학생들이 실질적으로 직업 커리어를 만들어나갈 20년 후에도 유효할지는 아무도 모른다는 말이다. 그래서 개인적으로 학과를 고를 때는 조금 더 많은 길을 갈 수 있는 전통적인 학과를 선택해야 한다고 생각한다. 예를 들어, 본인이 자동차 회사를 가고 싶다고 하면 기계공학과, 반도체 회사에 가고 싶다고 하면 전기전자공학부 등에 가는 편이 더 넓은 선택지를 가져갈 수 있다는 말이다.

특정 학과에 간다 하더라도 자신이 갈 수 있는 길은 여전히 더 넓을 수 있다. 너무 자신의 학과에만 포커스를 맞춘다면 더 넓은 선택지에 대한 시야를 인지하지 못할 수도 있다. 예컨대 IT회사인 네이버의 CEO인 최수연 씨는 학부에서 토목공학(지구환경시스템공학부, 현재 건설환경공학부)을 전공한 분이다. 그런가하면 BTS의 빅히트엔터테인먼트 창업공신의 한 명으로 공동대표이사, CEO를 역임한 윤석준 씨는 학부에서 건축학을 전공했으며, 한국인 첫 IFC(세계은행 산하 국제금융공사) 국장을 역임한 조현찬 씨는 학부에서 토목공학을 전공했다. 물론 유명한 작곡가들, 예컨대 전람회의 김동률, 마마무를 만든 김도훈과 같이 토목건축을 전공하고 다른 영역에서 두각을 보이는 이들도 있다.

건설 관련 학과를 졸업했음에도 불구하고 여의도에서 금융 관련 업무를 하는 분들도 상당히 많이 존재한다. 대부분의 건설 프로젝트는 프로젝트 파이낸싱에 의해 자금조달이 이루어지며, 해당 프로세스에서 건설업과 금융 모두를 이해하고 있는 전문가가 필요하기 때문이다. 이처럼 설령 건설업에 흥미를 느껴 대학에 진학한다 하더라도 훗날 내가 어떤 일을 하고 있을 것이라고 예단하기는 쉽지 않은 일이다. 이런 관점에서 보자면 꾸준히 거시적으로 시야를 넓힐 필요가 있을 것이며, 복수전공이나 부전공을 통해 타 전공 영역을 탐색하는 시도도 필요하다.

간혹 토목건축을 전공하여 취직한 후, 재직 중에 MBA를 비롯한 경제경영을 공부하는 것이 어떤지 문의하는 후배들이 존재한다. 이 경우 나는 적극적으로 추천하는 편인데, 어찌되었든 공공 프로젝트를 하든 주식회사를 경영하든 기본적인 경제경영 메커니즘을 이해하지 못하고서는 제대로 된 역량을 펼치는 데 제한적일 수밖에 없기 때문이다. 나로호를 우주로 보내야 하는 일도 한정된 예산에서 경제적 파급효과를 산정하여 국가 혹은 대중을 상대로 설득 과정을 거쳐야 하는데, 아파트나 지하철과 같은 인프라 시설을 만들 때에는 더없이 중요한 것이 기초적인 경제경영 소양이다. 따라서 아무리 공학이나 건설업 자체에 매력을 느껴 진로를 선택한다 하더라도, 조금 더 시야를 넓혀 산업이라는 거시경제적 흐름을 꾸준히 알아보려는 노력을 게을리해서는 안 된다.

전지적 건설 엔지니어 시점

아파트 재건축 조합이나 수분양자 카페와 같은 곳에 가면 건설 엔지니어라는 직업을 숨겨야 하는 경우가 많다. 괜히 건설 엔지니어라는 전문성을 보여봐야 일상에서도 일이 많아지기 때문이다. 늘 방패의 역할을 하다가 창의 역할을 하는 것 역시 매력적일 수 있겠지만, 낮에는 방패를 하고 밤에는 창을 했다가는 생활의 바이오리듬 자체가 깨질 수 있는 위험한 선택이다.

대신 생활인으로서의 건설 엔지니어가 매력적인 부분은, 세상을 바라보는 관점이 다소 특이할 수 있다는 점이다. 한번은 인도의 바라나시[वाराणसी, Varanasi]라는 유명한 성지에 간 적이 있었다. 도시를 가로지르는 갠지스강의 서쪽은 가트Ghat라 하는 석벽돌 계단으로 이루어져 있고, 동쪽은 넓은 모래사장이 펼쳐져 있었다. 대부분의 사람은 이런 광경을 보며 힌두인의 화장풍습 혹은 갠지스강에서 목욕하는 인도 사람을 생각하지만, 나는 조금 더 도시공학적인 관점에서 바라보았다. 갠지스강의 동쪽 넓은 모래사장은 마치 한강 고수부지가 조성되기 전 강남의 강변, 혹은 지금은 완전 육지가 된 난지도蘭芝島의 모래사장과 유사하다고 볼 수 있다.

잠실은 1970년대 실시한 공유수면 매립공사가 이루어지기 전까지는 잠실섬과 부리도로 이루어진 지역이었다. 잠실섬과 부리도는 평상시에는 하나의 섬이지만 홍수가 나면 두 개의 섬으로 분리되었는데, 이렇다 보니 거주하는 인구도 수백 명에 불과했다. 이 수백 명의 인구마저도 여름이 되면 인근 자양동이나 봉은사 등으로 대피하는 게 일상이었다. 하지만 1970년대 이 지역에 매립공사가 시작되었고, 고수부지 덕분에 한강을 내려다보며 살 수 있는 대규모 아파트 단지가 조성될 수 있었다.

현재 송파구는 대한민국 자치구 중 가장 인구가

많은 65만 명이 거주하고 있다. 관점에 따라 달리 생각할 수 있겠지만, 이처럼 갠지스강 동쪽도 만약 가트와 같은 구조물로 치수를 한다면 더 많은 사람들이 안정된 공간에서 안전하고 편안한 근린주구近鄰住區 생활을 누릴 수 있을 것이다. 낭만적인 생각으로는 강은 있는 그대로 두는 편이 낫다고 생각할 수 있지만, 지난 수천 년의 역사에서 인류에게 공포의 존재였던 홍수와 장마가 현재 우리의 삶과 거리가 있을 수 있던 이유는 건설 엔지니어링의 발달과 멀리 떨어져 있지 않다.

휴일에 시간이 남으면 주로 인근 도시를 걷는다. 많은 사람이 등산을 즐겨하지만, 나는 인적이 드문 산보다는 인간의 시층時層이 묻어 있는 도시를 걷는 것이 더 흥미롭다. 네 시간이고 여덟 시간이고 걷다 보면 저절로 소비되는 칼로리는 운동의 역할도 하고, 돌아다니며 찾는 맛집은 취미의 역할도 맡는다. 코로나19 시기가 도래함에 따라 다양한 사람들과 만날 기회가 적어졌는데, 덕분에 혼자 걷는 기회도 더 많아지게 되었다.

그렇게 지난 2년 정도 혼자 걸으며 과천시, 안양

시, 의왕시, 군포시, 수원시, 성남시, 그리고 서울시 서초구, 관악구, 구로구, 금천구, 용산구, 마포구 등 다양한 곳을 탐색했다. 이제는 집 주변을 많이 돌아 다른 지역으로 원정을 가기도 하는데, 각 지역마다 보이는 가옥의 특징이나 주요 구조물의 존재는 색다른 재미를 느끼게 해준다.

예를 들어 안양시 만안구에서 시작해서 수원시 권선구까지 이어지는 27킬로미터의 경수대로를 걷는다고 해보자. 27킬로미터 정도면 중간에 휴식을 포함해서 여덟 시간 정도면 걸을 수 있는 수준이다. 경수대로는 대한민국 1번 국도의 일부인데, 역사적으로 조선시대 정조의 치세 시기인 18세기에서 그 연원을 찾아갈 수 있다. 안양시 만안구 자체가 정조가 하사한 다리인 '만안교'에서 어원을 찾을 수 있고, 정조가 수원 화성 인근에 위치한 부친 장조(사도세자)가 묻힌 현륭원에 참배할 때 주로 다니던 길이었다.

경수대로는 안양에서 시작해서 의왕을 거쳐 수원으로 넘어가는데, 북수원 톨게이트 인근에서 프랑스군 참전기념비를 만날 수 있다. 프랑스는 한국전쟁 당시 1개 대대 규모의 육군을 파견했는데, 파병 후 가장 처음 숙영지를 건설한 곳이 수원이기 때문에 이곳에 한국전 참전기념비를 조성했다고 한다. 당시 프랑스 군인의 전사자는 262명이라고 하는데, 이들의 숭고한 희생에 감사함을 표시하고 계속해서 걸으면 본격적인 수원 도심지의 모습이 등장한다.

수원 종합운동장 인근에는 만석거萬石渠라 하는 저수지가 보이는데, 이는 1795년 정조 때 축조된 인공호수이다. 이후 85년 역사의 수원 농생명과학고를 지나면 드디어 수원화성의 동문인 창룡문蒼龍門이 눈에 들어온다. 지금의 창룡문은 아주 멋지게 복원되었지만, 과거 역사를 살펴보면 한국전쟁 당시 매우 심하게 파괴된 사진을 확인할 수 있다. 현재 보이는 입구 위로는 문루를 포함해 거의 다 폭격당했다고 보면 된다.

사실 경수대로는 대한민국 1번 국도로서 한국전쟁 당시 상당한 접전지일 수밖에 없었다. 당시로서는 전차의 주요 이동경로가 1번 국도일 수밖에 없었기 때문이다. 한국전쟁 발발 초기인 1950년 7월 초에 이루어진 시흥-안양-수원 전투는 물론 1951년 초 중공군에 맞서 싸워 벌어진 모락산 전투, 수리산 전투 등이 모두 이 경수대로를 중심으로 이루어진 전투였다.

창룡문을 통해 수원 화성 안으로 들어가면 다양한 근대 건축문화유산을 확인할 수 있다. 정약용의 거중기로 만들어진 화성 성곽은 물론 화홍문, 화성행궁, 부국원 등은 한번쯤 둘러봐야 할 유의미한 건축물들이다. 게다가 화성 성곽 안에는 한옥 등의 민가가 꽤 잘 보존되어 있는데, 이러한 골목 골목을 걸어다니며 20세기 건축물을 통해 당시의 생활양식을 엿볼 수 있는 것 역시 꽤 매력적인 경험이다.

현대의 최신 기술로 구조물을 만들어나가는 건설 엔지니어이지만, 우리 선조들이 만들어놓은 과거의 구조물이 어떠한 기술로 어떤 의도로 만들었는지 탐색해보는 일 역시 매우 흥미롭다. 사실 이렇게 도시를 걸으며 과거를 상상해 보는 일은 꼭 우리나라에서만 할 수 있는 것은 아니다. 코로나19 이전에는 해외의 주요 도시들을 걸으며 이런 여가를 즐기곤 했다.

언뜻 기억나는 도시들을 열거해보자면, 튀르키예의 이스탄불, 홍콩, 인도의 뭄바이와 바라나시, 그리스의 아테네, 덴마크의 코펜하겐, 우즈베키스탄의 타슈켄트, 일본의 교토 등 다양하다. 부디 코로나19가 종결되어 1년에 한 번씩만이라도 더 다양한 세계문화유산을 발로 걸으며 느껴보고 싶다. 꼭 대단한 문화유산이 있는 도시뿐만 아니라, 그 지역의 특색에 맞게 오랫동안 살아온 선조들의 지혜가 보이는 곳이라면 언제든 찾아가 보고 싶다.

에필로그

건설 엔지니어가 궁금한 독자들에게 보내는 프로포즈

건설업에는 정말 다양한 분야와 직군이 존재합니다. 먼저 건설업에 발을 들이겠다고 생각한 후배라면 무언가를 창조한다는 것에 매력을 느끼며 인생을 능동적으로 살아가는 분이라 생각합니다. 그렇다면 자신의 능력을 특정 경계선Boundary에 제한하지 말고, 조금 더 자신 있게 자기 역량을 키워나가는 것을 권해드립니다.

예를 들어, 외국이나 외국회사와 근무할 기회가 있다면 주저할 이유가 없습니다. 학교 다닐 때 영어를 잘했든 못했든 영어점수가 높든 낮든 그러한 것들은 그리 중요하지 않습니다. 중요한 것은 외국회사에서 외국인들과 근무를 하며 성과를 만들어나가는 새로운 경험입니다. 그 과정에서 언어의 문제점이 느껴지면 차근차근 극복하면 되고, 이러한 경험의 누적은 곧 자신감, 그리고 경력의 발전으로 이어집니다.

기회란 입만 벌리고 있다고 하늘에서 뚝 떨어지는 감과 같은 존재는 아닙니다. 기회를 받는 입장도 입장이지만, 기회를 주는 입장에서도 생각을 해보셔야 합니다. 어떤 조직에서 새로운 구성원을 선발하는 일은 매우 신중하고 부담스러운 일입니다. 이때 선발하는 입장에서도 충분히 자격이 있는 구성원을 선발해야 발생 가능한 문제를 최소화할 수 있는 것입니다. 따라서 꾸준히 자신의 경력을 점검하고 되돌아보며 부족한 부분이 어느 곳에 있는지 확인하는 과정도 필요합니다.

자존감이라 하는 것은 없었던 것이 갑자기 나타나는 개념이 아닙니다. 아무런 경험과 능력이 없는데 자신감만 있다고 하면, 그것은 그야말로 '근자감'이지 진정한 의미의 자신감은 아닐 것입니다. 세상의 허들Hurdle은 생각보다 높을 수도 있고, 낮을 수도 있습니다. 우리는 인생을 살아가며 끝없이 많은 허들과 마주하게 됩니다. 우리는 이 허들을 넘을 수도, 혹은 넘지 못할 수도 있습니다.

직업의 자존감은 이러한 허들을 계속해서 마주하면서 극복하는 경험을 쌓아나가며, 그 극복의 타율을 올려나가는 과정과 같습니다. 처음에는 정말 높은 산과 같이 보였던 허들이 한 번 넘고 두 번 넘다 보면 그다음부터는 아무리 높은 허들이라도 넘어보려는 시도를 해볼 수 있는 용기가 생깁니다. 그 용기의 집합이 결국 '직업의 자존감'으로 이어지는 것입니다.

자존감은 자아존중감의 줄임말로서, 영어로 말하자면 Self-esteem입니다. 내가 나의 능력을 믿고, 나를 존중할 수 있는 마음을 말하는 것이지요. 남의 떡이 커 보이듯, 타인의 능력도 때로는 과도하게 커 보일 때가 있습니다. 하지만 제 아무리 좋은 학교에서 공부를 했든, 글로벌 탑티어 기업에서 일했든, 결국 사람 하는 일은 다 거기서 거기입니다. 사회에 나온 우리는 수학경시대회에서 누군가 어렵게 꼬아 놓은 문제를 풀 필요도 없고, 나로호를 쏘아 올려 우주로 보낼 필요도 없습니다.

그저 사칙연산으로 점철된 수량산출서, 조금 더 고등수학이 필요한 구조계산서와 같은 것을 보면 되는 것입니다. 심지어 구조설계를 담당하는 담당자가 아니라면 구조설계에 쓰인 고등수학을 굳이 꼭 다 알 필요도 없습니다. 그저 그들이 어떤 입력 데이터를 바탕으로 어떤 출력 데이터를 만들었는지 논리적으로 이해하기만 하면 되는 것입니다. 그리고 입력과 출력의 변수를 찾아내고, 가장 경제적이면서도 안정적인 구조물을 만들 수 있는 방법을 찾아나서는 게 우리의 일이지요.

기본적으로 엔지니어링은 숫자와 수식이라는 언어를 기반으로 하기 때문에, 꼭 영어를 아주 유창하게 잘할 필요가 없습니다. 한국어로 관련 전공 지식의 기반이 닦여 있다면, 그 누구도 당신의 어눌한 언어를 탓할 사람은 없습니다. 당신의 성격이 내향적이어도 집중력 있게 성과를 낸다면 그 누구도 당신의 내향성을 탓할 사람은 없습니다.

한번은 덴마크 설계사와 일을 하면서 약간의 자폐적 성향을 띤 엔지니어를 만난 경험이 있습니다. 그분은 말을 어눌하게 해서, 안 그래도 들리지 않던 영어는 더 들리지 않았습니다. 대체 어떤 말씀을 하는지 잘 알지 못하니, 일을 하기 쉽지는 않았습니다.

하지만 이분은 구조계산에서 놀라울 정도의 집중력을 발휘했고, 늘 정확한 시간에 원하는 결과물을 가지고 왔습니다. 구조물을 설계할 때는 다양한 입력데이터를 바탕으로 출력값을 보고 논의하는데, 이분은 늘 어떤 변수가 지배적인지 가려운 부분도 잘 긁어주며 문제의 해결책을 제시했습니다. 물론 다음 프로젝트를 수행할 때, 필수적으로 있어야 할 중요 인물Key person이 되었습니다. 누구나 찾을 수밖에 없는 훌륭한 엔지니어였던 것이지요.

우리가 세계여행을 하면 보통 랜드마크Landmark라 하는 구조물을 중심으로 여행을 다닙니다. 샌프란시스코에 가면 금문교부터 보며, 호주에 간다면 하버브리지와 오페라하우스, 런던에 간다면 런던아이와 대영박물관을 먼저 찾습니다. 이러한 랜드마크를 중심으로 숙소도 예약하고, 맛집을 탐방하기도 하지요. 로마에 간다면 콜로세움, 파리에 간다면 에펠탑과 퐁피두센터, 뉴욕에 간다면 엠파이어스테이트 빌딩과 자유의 여신상을 꼭 확인하고 싶을 것입니다. 그런가 하면 뉴델리에 간다면 타지마할, 심지어 이집트에 간다면 기자의 피라미드를 봐야 진정 인도나 이집트문명을 제대로 봤다고 할 수 있겠지요.

이렇게 우리가 만드는 건설 구조물은 시대를 관통하며 세계인의 가슴을 뛰게 만드는 객체입니다. 아울러 화려하진 않아도 우리 주변에서 살아 숨쉬며 인류의 삶을 윤택하게 해주는 구조물이 존재합니다. 이는 하루라도 없다면 우리가 살아 숨쉬기 어려운 것들이지요. 정수장에서 만들어진 물, 하수처리장에서 처리되어 방류되는 물, 매일 출퇴근을 도와주는 지하철, 고속도로, KTX, 우리가 거주하는 아파트나 빌라 역시 살아 있는 문명의 화석과 같은 존재입니다. 그런가 하면 인프라, 예를 들어 고층 오피스 빌딩, 전기를 생산해주는 발전소, 송배전망, 땅 밑의 광통신망과 지역난방관 등은 어느 하나 한 시간이라도 멈추면 우리의 삶을 위협하는 존재들입니다.

이런 소중한 구조물을 만드는 데 보탬이 되는 직업이라니, 가슴이 벅차오르지 않나요? 물론 이러한 구조물을 만드는 과정에서는 기쁘고 슬픈 일도 많이 있고, 포기하고 싶은 순간도 존재합니다. 결국은 생활인으로서의 건설 엔지니어가 우리네 모습이기 때문에, 매 순간 가슴이 뛰고 벅차오르지는 않습니다. 하지만 인생이라는 긴 여정을 돌이켜봤을 때, 내가 하는 일 하나하나가 그래도 인류 역사에 벽돌 한 장이라도 보탬이 된다면 뿌듯한 일이 아닐까 싶습니다.

세상에는 다양한 직업이 존재합니다. 저는 여러분이 조금 더 직업의 세계를 깊게 들여다보고, 후회 없는 선택을 하길 기원합니다. 적어도 저는 22년 전에 선택한 결정에 대해 후회하지는 않습니다. 언제까지 제가 이 일을 하며 밥 벌어먹고 살 수 있을지는 저도 잘 모르겠습니다. 얼마 전에 같이 근무한 유럽의 엔지니어는 칠순이 넘었음에도 불구하고 대만과 한국을 오가며 왕성하게 활동을 하시더라고요. 과연 저도 그렇게 이 사회에서 끊임없이 필요로 하는 사람이 될 수 있을까요.

언젠가 워런 버핏은 우리 자회사 CEO들이 돈이 없어서 한 회사를 경영하는 것은 아니라는 말을 했습니다. 오로지 돈 때문에 일을 한다는 것은 좀 안타까울 수 있는 일이지요. 하지만 앞서 언급한 유럽의 칠순 넘은 엔지니어나 워런 버핏과 동업하는 CEO들은 돈만 보고 일을 하는 것은 아닐 것입니다. 자신들이 만들어나가는 가치와 결과물에 대한 성취감이 그들을 꾸준히 일하게 만드는 동기일 것입니다.

여러분은 어떤 직업을 가지고 살아가길 원하나요. 시간이 지나도 사라지지 않을, 이집트문명에서 미래 시대까지 그 가치를 이어나갈 수 있는 건설 엔지니어의 세계, 한번쯤 경험해보고 싶으신가요? 그렇다면 직업의 자존감을 만들어나갈 수 있게, 오늘부터 주어진 학업이나 업무에 조금 더 진심으로 최선을 다해 도전해보는 것은 어떨까 싶습니다. 성공의 경험을 바탕으로 우리의 삶도 조금 더 윤택해질 수 있게 말입니다.